藍色響尾蛇

潛伏暗處的
毒囊與尖牙

以狠戾絕美的姿態
展開狩獵

孫了紅——著

今晚夜空殷紅如血，部分房子已進入深沉睡眠，
一連串不合時宜的炸裂聲卻在沉靜的公園路上轟然響起！
幾個美國水手正沿途拋擲鞭炮，叫囂著駕車揚長而去，
在這看似玩鬧的舉止背後，一樁駭人聽聞的慘案已揭開帷幕……

意外捲入凶殺案的魯平，這次該如何化險為夷？

目錄

一　在深黑色氛圍裡……007
二　太不夠刺激……015
三　黑暗中的臉……021
四　凌亂的一切……029
五　兩個或三個……037
六　來賓們的餘興……045
七　紙幣之謎……053

目錄

八　老孟的報告……065
九　第二種報告……071
十　第三種報告……083
十一　女主角……093
十二　一張紙片……101
十三　賭博的開始……107
十四　金魚皮高跟鞋……121
十五　血濺鬱金香……127
十六　襲擊……137

十七　蔻莉沙酒……149
十八　攤開紙牌來……163
十九　藍色死神……179
二十　最後之波折……197

目　錄

一

在深黑色氛圍裡

一　在深黑色氛圍裡

秋季燠悶的夜晚，天上沒有星星，沒有月亮，空氣裡面帶著一股雨腥氣。老天似乎正在考慮，要不要下一場雨，把上海市的沉悶與汙濁，痛快地洗刷一下？

這個時日，距離戰爭結束，已有幾十天，上海市內的電燈，托原子炸彈的福，提早從齷齪的黑布罩下鑽出頭來，高高地爬上了V字形的架子，驕傲的光焰，正閃耀得令人們睜不開眼。

光輝之下，許多偉大悅目的鏡頭在展開：

若干抹著勝利油彩的名角在登場，若干用白粉塗過鼻子的傀儡在發抖，若干寫有美麗字句的紙張貼滿了牆頭，若干帶有血腥氣的資產，若干官員們正掩藏在勝利的大旗之後在競演著一套著名的國產魔術，名為五鬼搬運法。他們吹口氣，喝聲變，變出了黃金、珠鑽；吹口氣，喝聲變，變出了汽車、洋樓；吹口氣，喝聲變，變出了其他許多不傷腦筋而又能獲得的一切……倉庫在消瘦，物價在動盪，吉普車在飛駛，香檳酒在起泡，慶祝用的鞭炮漸漸潮濕，十字街頭的老百姓，光著眼，正欣賞好看的綵牌樓。

各處五花八門的綵牌樓，似已逐漸褪色；可是綵牌樓上的燈光，照舊直衝雲霄，灰暗的夜空，讓這密集的燈光，抹上了夢幻那樣曖昧的一片紅，這——這是勝利的光明！

然而除了鬧市以外，好多的地方，還是黑漆一團。西區華山公園，就是眼前最黑暗的一隅。

在白天，那座公園是可愛的，而在這個時候，一幅美麗的畫，卻已潑翻了墨水，樹石花草，全部浸入黑暗，連輪廓也無法分清。

時鐘的指針，將近十一點。園內已不再有人。

公園的一角，有一帶蜿蜒的土山，一部分貼近北部的圍牆，約有半堆圍牆那樣高。這時，土山附近，忽有一顆紅色的流螢，閃爍於樹葉叢中，把那片廣大的黑幕，刺了一個小孔。

一道魅影，穿著一套暗色的衣服，身子幾乎完全溶化在深綠色的氛圍內。那人正坐在山坡之下的一帶灌木叢邊，悄然在吸紙煙。一頂深色呢帽覆在他的膝蓋上。

那人正是魯平！

這樣的時間，魯平獨自一人逗留在這個地點，當然，他的目的，絕不在欣賞黑暗。他不時抬起視線，穿過黑暗，望到圍牆以外。

圍牆之外，有一帶住宅區，那是先前從公園裡劃出去的一部分，闊度不到九十公分，很像地圖上一條狹長的走廊。在更外面，便是那條冷僻的公園路。

魯平所注意的，是一宅青紅磚雜砌的三層小洋樓，方方的一幢，樣式很古舊，晦暗的牆壁，由密密的藤蘿代替了綠色的髹漆，顯示這屋子的年齡，已不太年輕。屋子右方，有一片隙地，栽著小量的花木，成為一片小花圃。後方二三層樓，窗外各有一座狹長的陽臺，白天站在這裡，可以把公園中的空氣、陽光，與大片綠色，整個加以占領。屋子的結構，雖然並不美麗，但是地點的確夠理想。

住在這幢洋樓中的幸福主人，名字叫做陳妙根。

名字似乎很俗氣，不像是個了不起的大人物，但是這個人，卻帶著神祕性，值得鄭重介紹一下。他沒有工作，卻有相當忙碌的事務；他沒有聲望，卻有相當廣泛的交友；他沒有財產，卻有相當豪華的用度。在上海淪陷時期，人民的日子不好過，他的日子卻過得相當好。當勝利降臨的初期，大家以為將有好日子可過，他卻垂頭喪氣，認為日子快要過不下去；直到最近，大家又在慨嘆著日子越過越難，他呢，恰恰相反，眼珠一眨，日子似乎過得更優渥起來。從多方面看，這位陳先生，似乎正是一個適宜生存於任何惡劣氣候之下的人；或者說，他是一個相當會變戲法的人。

魯平生平，很崇拜英雄，尤其對於能善能運用各種魔術取得別人血肉以供自身營養的那種人，他都由衷地欽佩。而這位陳先生，正是他的崇拜對象之一，他早有念頭，來拜訪這位魔術家。可惜的是，機緣總不太湊巧。

這個晚上，他正等待著一個比較適當的時機，準備走進這棟屋子裡去。不過，他不準備給陳先生自己的名片。

根據情報，有一批東西，包括小數目的金條、美鈔與股票之類，暫放在二樓某一隅中的一個保險箱內。據說，這也是這位陳先生，運用什麼魔術手腕，敲開了一個胡桃，變出來的。東西運進屋子還不久，可能將於短期內再被運走。這批小資財，折合市價，約值一千萬元。

數字是渺小的。這個時日，鈔票上的圈，依舊等於美麗的肥皂泡。區區一兩千萬，在那些搖著大旗鼓舞而來的官員們的瞳孔內，當然不值欣賞！但是魯平，他一向是一個知足的人，他懂得東方的哲學，他深知這個年頭，財，不宜發得太大；戲法，該從小處去變，才不至於鬧亂子。因此，他很樂意於把這一筆躲在黑暗中的小資財，在一種不太傷腦筋的情況之下接收過來。

而且，一切情形，都便於接收的工作。

幾天前，屋子裡的人口，有著相當的密度，主要是陳先生的第X號太太，狀況很熱鬧。最近，屋子裡面似乎起過一次小風波，情形改變了。有位小太太，不再住在這個屋子裡，連同帶走了她的侍女。因此，這個屋子在晚上的某一時間以後，二樓的一部分，可能成為無人地帶。假使有什麼人，願意用點技巧進去的話，那就可以為所欲為。

總而言之，水是混的，很適於摸魚。

不過眼前還得稍微等一等。

現在，這整個漆黑的住宅，只剩下二樓上的一個窗口，還透著燈光，那是屋子左方最外面的一道窗。也許，主人陳妙根，還逗留在這個小型公館裡沒有走。根據情報——魯平對於任何交易，都有多方面的準確情報——那位陳先生，最近的行動，有點詭祕，他不太回這所住宅，偶然回來，總在深夜，而逗留的時間並不會太久。而且，他的出入，都假手於鑰匙，絕不驚動屋子裡的人。魯平認為這些情形，對於他的胃口，配合得很好，他很表示感謝。

他不時仰望著那道有光的窗。

夜空殷紅如血，天在下雨了，雨點並不大。

他把帽子戴起來，遮著雨，重新燃上一支煙。

圍牆之外，一部分的屋子，都已漸入深深的睡眠狀態，在止水一樣的沉寂中，可以聽到公園路上一兩部人力車，支格支格在發響，那聲音帶來了一種寂寞感。

忽然，有一連串爆炸，起於街面上，整片的沉寂被這聲響炸成粉碎。那是幾個美國水手坐在兩部三輪車上正把一大束的鞭炮沿路拋擲過來。

砰砰砰！砰砰砰！砰砰！砰！

飛濺的爆炸聲，配著一陣美式叫囂，自遠而近，復自近而遠。

砰砰砰砰砰砰！又是一連串。

緊接著的炮響，扔得更近，一個特別沉悶的爆炸，好像幾個鞭炮併合在一起，又像這個聲音，已炸進了圍牆以內。頭頂上，樹葉簌簌地在發響，睡眠中的樹木被驚醒了。

雨點漸漸加大。

魯平伸了個懶腰，丟掉煙蒂，看看手腕上的夜光錶，長針正指著十一點二十一分。

響聲過後，四周復歸於寧靜，這寧靜大約維持了五六分鐘，他聽到那宅小洋樓的前方，有一輛汽車開走了。從馬達的發動聲裡，可以辨別，那是一輛新型的汽車。不錯，他知道，那位陳先生，是有一輛自備汽車的。他意識到那位神祕的汽車，正在離開他的公館，抬頭一望，果然，窗子裡唯一的燈光熄滅了，那宅屋子已整個被包裹在黑霧裡。

二　太不夠刺激

現在他該開始行動了吧？不。

他先拖著怠惰的步伐，走入另外一棵樹下，站立。那棵樹，有著較密的樹葉可以躲雨。過去，他從不曾在這時間走進公園。當前這片深綠，能使他的腦子，獲得一種美麗的寧靜，令他有點留戀。主要是，他還想稍微等一等。

他再抽掉一根煙，又消耗了十多分鐘。

好，來吧，疏散歸疏散，為生活，工作是不可放棄的。

他走近圍牆，設法敲掉了砌在牆脊上的一些碎玻璃，以免衣服被勾破。這個動作，由於不小心而發出了一點聲響，但是不要緊，他以最敏捷的姿態越過了那道牆，轉瞬他已隱入牆外的最黑暗處。

小洋樓的後方，與圍牆之間的距離，只隔一條狹弄，從左右兩側，都可以繞到前方。為了保持一個紳士應有的風格，他想，這深夜的造訪，他該走前門。但是，在主人走出以後，或許有人會從裡面加上了門，這有點麻煩。走後門吧，後門近在寸步之間，當然特別便利。不過他的目的原在二樓，與其進了屋子，仍舊要上樓，那不如直接登樓。

好，就是這麼辦。

他向暗中凝視，牆上有道方形的排水管，和陽臺的距離，不到二尺遠，真是一道理想的梯子。

雨又加大了。肩部已經溼淋淋，為躲雨，行動需要快一點。

他把帽子推起些，走近牆下，雙手攀住那排水管，一腳踏上牆，手腳同時用力，身子向上一聳，這是第一步；第二步，他的雙腳已經在排水管的一個接縫上；再一步他已攀住通往陽臺下的一根排水支管，撐起身子把腳踏住陽臺的邊緣；第四步，他輕輕跨過了陽臺的欄杆。

上樓梯，至少該跨十個階梯吧？而現在，他只跨了四階，太方便了。不過攀緣之際，他的鞋尖觸動到牆上的藤蔓，又發出了些響聲，而他並不介意。

現在他已安然站在陽臺上。

百葉窗是緊閉的。他明知窗裡這一間，絕不會有人，但仍側著臉，凝神聽一聽，小心點總不會出錯。

於是，他取出了他的職業工具，施用外科小手術，先把那兩扇百葉長窗輕輕撬開。

然後，他再掏出另一器具，劃破玻璃窗的一角，他從破洞內伸手進去摸到了窗門的柄，而把它旋動，他再從破洞裡小心地縮回手，輕輕推開了那扇玻璃長窗。

他像一位深夜回府的主人，低吹口哨，悠然踏進了自己的公館。

屋裡當然是漆黑的，但是無礙，公園路上最近的一盞路燈，一片扇子形的灰黃的光，正斜射在這屋裡左壁的一道窗口。窗外，夜的纖維與雨的線條，交織成了一口網，雨網中穿透微光，可以看出屋裡是一間精緻的臥室，家具都是簇新的。

這裡一切布置，都使他極感滿意。

現在，他如果需要，他盡可以挑選一張鋪有錦墊的舒適的椅子，坐下來休息一會兒。但是，他沒有先這麼做。他急忙地掏出一張手帕，拂拭衣帽上的雨漬。他愛好體面，他注重修飾。他有一種哲學，認為在這世界上要做一個能夠適應時勢的新型的賊，必須先把外觀裝潢得極體面；雖然每一個體面朋友未必都是賊，可是每個上等賊，的確都是體面的。人類具有一種共同的眼疾，垃圾、汙垢，都可以用美觀的東西遮蓋起來的！

也正為此，魯平雖在深夜出外，做著這樣卑鄙的工作，照舊，他的衣飾還是很漂亮。

他那套西裝，線條筆挺，襯衫如同打過蠟，領帶當然是鮮明的紅色，說句笑話，唯一的缺點，只缺少衣襟邊的一朵康乃馨。

拂拭過雨漬之後，他再戴上帽子，把襟角間的花帕抽出來折得整齊，小心地插好。他又悠然地整理了一下他那條領帶。

他自覺好笑，想：假使此刻站在鏡子前照一照，他的外觀，跟一位從雞尾酒會上走出來的官員，喂，有什麼不同？

他的神經鬆懈得像鵝絨，正因為鬆懈，才會產生許多胡想。由於他正想到自己像個神氣活現的官，他忽然又想：為什麼世上有許多人，老想做官，而不想做賊？一般來說，做官，做賊，同樣只想偷偷摸摸，同樣只想在黑暗中伸手，目的、手段，幾乎完全相同。不同的是，做賊所伸的手，只使一人皺眉，一家皺眉，而做官所伸的手，那就要使一路皺眉，一方皺眉，甚至要使一國的人都大大皺眉！基於上述的理論，可知賊與官比，為害的程度，畢竟輕得多！這個世界上，在老百姓們看來，只要為害較輕，看起來就可愛多了！那麼，想做官的人又為何不挑選這一種比較可愛的職業呢？

思想在活動，步伐也跟著活動，他從那些家具的空隙裡，安詳地走過來，小心著，不要碰到什麼東西，破壞這可愛的寂寞。他注視著黑暗的臥室中的一切，看一看，有沒有什麼值得欣賞的收藏品？雖然他的主要目的，是在另一隅的保險箱，但是如有可以順手牽走的羊，只要不太累贅，那也不妨順手帶走一點。好在此時此地，都是免費的配給品，他可以隨便接收，不必出收據，只要他願意。

這裡，看來並沒有值得帶走的東西。他輕輕走到房門口，從這裡走出門口，那是由裡向外，他只需要轉一轉門鎖。他輕輕拉開了那扇房門，一手插在褲袋裡，唇間低聲吹著婚禮進行曲。他感覺到今夜的工作，簡單得可憐，就算是小規模的飛簷走壁，也不曾使他的脈搏增加為每分鐘八十跳，而等會兒，也只要撬開一個保險箱，把保險箱內的東西照數帶走就行，他猜想那步接收手續並不會很難。

關於保險箱，他是一個具有專家經驗的人。他知道撬鐵箱絕不像一般人所想像的那麼容易。有許多保險箱的鋼壁幾乎等於一艘兵艦的裝甲那樣厚，尤其最討厭的是裝著綜合轉鎖的那一種，那需要使用烈性腐蝕劑，或者二灰氧火鑽，甚至二硝基甲苯。而今天，這都用不著。據情報，那個鐵箱，是很「老爺」的一種，一柄小鑽撬開，要不了兩分鐘。他想，你看，做賊，這是一件何等輕巧的工作！拿錢，似乎比花錢更不麻煩，更不費事！

他在黑暗中輕輕踏出那扇門，嘴裡自語：「嗯，太不夠刺激了！」

三　黑暗中的臉

從那扇門裡跨出來，以手虛掩上了門，由黑暗進入另一黑暗。現在，他已置身在一條甬道之內，甬道一端是上下兩處梯口。左邊的末端有道窗，這和臥室左壁的窗戶一樣，面對著小花圃。這道窗，距離公園路上的燈光更近。光線從雨絲裡穿射進來，照見這個甬道，地板擦得雪亮。四面聽聽，沒有聲音，沒有聲音，沒有聲音，充滿著空虛與恬靜。

只有窗外的風雨，嘩嘩嘩嘩嘩……一陣陣加大，一陣陣加密。雨聲增加心坎上的寂寞，真的，太不夠刺激了。

對面一道門，門以內，就是剛才透露燈光的一室，也就是主人平時憩坐的一室，也就是情報中所提及的安放保險箱的一室。現在，不用太客氣，只需進去就行。這一次是由外入內，他必須弄開那道彈簧鎖，他的開鎖手法絕不低劣於一個鎖匠，轉眼間，他已低吹口哨，推門而入。

奇怪，這間屋子比別處更黑。他的期待，這裡該比別處亮一點，因為，剛才有燈光從左壁的窗口射出，那麼，這裡距離路燈更近，也該有光線從外面射入才對。為什麼沒有？

他好像被裝進了一個絕不透氣的黑袋裡。

好在，他是一個接收者，一般人痛惡黑暗，而接收者卻歡迎黑暗，黑一點也好。遺憾的是他這樣長驅直入毫無阻礙，反而有點「英雄無用武之地」之感。

他移步向前，繼續吹口哨，繼續自語：太不夠……刺激了三個字，還沒有說出口。

突然，有一種由黑暗所組成的奇怪緊張，襲上了他的心，他覺得這間屋子裡，有一點不對！他的步伐突然停滯在黑暗中。

有什麼不對呢？

他是一個在黑暗中養成了特種經驗的人，在他身上，似乎生著無形的觸角，能在漆黑之中敏感察覺到平常人萬萬不能感覺的事。不要說得太神祕，至少，他的嗅覺或者聽覺，已經嗅到或者聽到了一些什麼。

他盡力地嗅，彷彿有點異樣的腥味，在他鼻邊飄拂，再嗅，沒有了。他又凝神聽，他只聽出了自己肺葉的搧動聲。

窗外的雨聲嘩啦啦在響。

嘁嘁，嘁嘁，嘁嘁，嘁嘁……

一種細微得幾乎聽不出的連續聲音摻雜在窗外送進來的雨聲裡。是的，他聽出來了，那是一只錶的聲音。錶是應該穿戴在人體上的東西，奇怪呀！有什麼人睡在這裡嗎？這裡並不是間臥室呀。有人坐在這裡嗎？似乎絕不會有人會有心情坐在這樣黑暗的所在。那麼，有人把一只錶遺忘在這裡了嗎？

不知為什麼，在這一瞬間，他幾乎預備回過身，立刻向後轉。這不是膽怯，這是他的經驗在指揮他。但是，他還是掏出了他的手電筒。

起先，他沒有使用電筒，那是因為不夠刺激而想增加點刺激。現在，他使用電筒，卻是為緊張太過而想減少點緊張，雖然他還找不到突然緊張的理由何在。

他把手電筒的光圈向四面緩緩滑過來。

「哎呀！我的天！」……他低低地驚呼了一聲。

那支震顫了一下的電筒雖然並沒有從他手掌中掉落，可是他已立刻機械地把光熄滅下來。

當前復歸於黑暗，黑暗像有千斤重！

他的額上在冒汗。

在手電筒停留在對方某個部位瞬間，光圈之內，畫出了一張人臉。那張臉，灰黃的，眼珠睜得特別大，似乎在驚詫著對方深夜突兀的光臨，歪扭的嘴，好像無聲地在向他說：「好，你終於來了！」

總之，搜尋一生的經歷，他從來不曾遇到過這樣一張太難看的臉。況且那張臉，還沉埋在一個可怕的黑暗裡！

這不用多想，直覺先於他的意識在漆黑中告訴他，那個人，的確已經永久睡熟了！

魯平呆在那片沉重得發黏的黑暗裡，他有點失措。他譏諷著：「好極，朋友，太不夠刺激了！」

在黑暗中僵持過了約半分鐘，這短短的時間，幾乎等於一小時之久。情緒達到了最高峰後，逐漸趨向低落，逐漸歸於平靜。他已經知道，這屋子裡有一具屍體，這反倒使他感到無所謂。死屍雖然可憎，無論如何，比世上那些活鬼，還溫馴得多！

他不再感到太緊張。

定定神，站在原地位上把手電筒的光圈再向對方滑過去。這次他已看清楚，這具西裝屍體正安坐在一張旋轉椅內，軀體略略側身，面孔微仰，左手搭在椅子靠手上，好像準備要站起來。一雙死魚那樣瞪直的眼珠，凝注著他所站立的地位，也就是那扇室門所在的方向。屍體上身，穿著襯衫。有灘殷紅的汙漬，沾染在那件白襯衫的左襟間，那是血，看去像槍傷。

他把手電筒的光圈退回來些，照見那張旋轉椅之前，是一張方形的辦公桌，屍體面桌而坐，背部向著牆壁——靠公園路的一面牆。光圈再向兩面移動，只見這面牆上，共有兩道窗，窗上深垂著黑色的簾子。他突然返身，把手電筒照著左方牆上的那道窗，同樣，那裡也已垂下了黑色窗簾。這是一種裝有彈簧軸桿的直簾，收放非常便利。現在，他已明白了這間屋內黑得不透風的緣故，原來不久之前，有人把這裡三道窗口——至少是把面花圃的那一道窗上，那張曾經捲起過的窗簾拉了下來。是什麼人把它拉下的？為什麼把它拉下來？當然，眼前他還沒有工夫去思索。

手電筒的光圈滑回來，重新滑到屍體坐著的所在，把光線抬起些，只見壁上懸著一張二十四寸的放大半身照，照片是彩色的。那個小胖子，態度雍容華貴，滿臉浮著笑。樣子，像一位名人正踏下飛機，準備要跟許多歡迎他的群眾握手。

他在看到這張照片之後，馬上把光圈移下些，照照這具屍體的面貌，再移上些，照照那張相片的面貌。是的，他立刻明白了，這位安坐在旋轉椅內斯文得可愛的傢伙，正是這宅洋樓的主人陳妙根，因為這照片，屍體，上下兩張臉，相貌完全一樣。

那副相框相當考究，金色的，鏤花的，牆壁上的髹漆也很悅目。這些，襯出了這間屋子的線條之富麗，這些，也代表著這具屍體生前的奮鬥與掠奪，享受與慾望。上面是相片，下面是屍體，中間隔開花花綠綠的一片——牆壁的空隙，這是一道生與死的分界線，兩者間的距離，不到三尺遠。

他暫時關了手電筒，凝站著，讓黑暗緊緊包裹著他。

在黑暗中欣賞這種可愛的畫面，欣賞得太久，他有點眩暈。他巴巴地闖到這所住宅裡來，對於接收死屍不會太感興趣，這跟官員們巴巴地跨進這個都市，對於接收人心不感興趣是一樣的。他在想：朋友，走吧，別人演戲拿包銀，你卻代表懸牌，聽倒好，犯不著！

向後轉！

他在黑暗中迅速地返回到房門口。他準備向那具馴善的死屍，一鞠躬，道聲打擾，趕快脫離這個是非之地，趕快！實際上他幾乎已經忘掉今夜飛簷走壁而來的最初目的。可是他還拿著手電筒向四周最後掃射了一下。

有一樣東西把手電筒的光線拉住了！

嗯，那個吊胃口的保險箱，蹲在屍體斜對方的一隅之中，箱門已經微啟。

窗外的風雨，像在向他投射譏嘲，哈哈哈，哈哈哈！

魯平只有苦笑。

一切當然用不著細看了。但是，他終於急驟地跳到那個保險箱前，蹲下身來。事實上，那個箱子倒很精緻，並不像他預想中的那樣「老爺」。撬開它是有點費事的；而現在，卻已不必再費心。他拉開箱門，把光灌進去，迅速地搜尋，快看，內部有些什麼？金條？美鈔？法幣？債券？……不，除了一些被翻亂的紙片以外，什麼都沒有。假如有的話，那將是手銬、囚車、監獄、絞架之類的東西了。

一陣奇怪的怒火突襲著他的心，砰！推上箱門，重重做出了些不必要的聲音。他猛然站直，旋轉身，再把手電筒照著安坐在對方椅上的那位冷靜的旁觀者，他說：

「朋友，喂，是誰放走了你的氣？連帶放走了我的血！要不要報仇？起來，我們應該站在同一陣線上！」

那具溫和的屍體，臉向著門，默默地，似乎無意發言。

風雨繼續在叫囂。

四　凌亂的一切

他把那扇保險箱門碰得開炮那樣響。他意識到像這樣的雨夜絕不可能再有什麼好事之徒，會闖進這地方來。暫留片刻，觀察觀察如何呢？或許，會有什麼機會，可以捉住那隻已飛去的鳥，那也說不定。

就這麼辦。

他迅速走出房外，直走到甬道的樓梯口，站住，傾聽。

沉寂，沉寂，沉寂，沉寂鋪滿於四周，包括三樓樓下。

雨，似乎比先前小了些。

回進屍室，碰上門鎖，摸索著，插上短閂，他開始用手電筒搜尋電燈開關所在。找到了，就在門邊，順手一扳，滿室通明。

他感謝三道窗口上的黑窗簾，掩閉著光，絕不會洩漏。奇怪呀，這種簾子，看來還是以前在日本統治之下強迫設備起來的所謂防空簾，而現在，防空已經過去了，防空簾當然也不再需要了；可是，這裡還沒有把它收起來，為什麼呢？一定是這屋子裡的人，有時卻還需要把室內的燈光遮起來，由此，可知這個地點，在平時也是充滿祕密的。

現在他由黑暗進入可愛的大光明之中。門是防線，窗是必要時的太平門，室內非常安逸，心神安定了許多。

一般人的印象，都以為這個拖著紅領帶的傢伙——魯平，為人神奇得了不得，這是錯誤的。其實，他不過比普通人聰明點，活潑點。但，至少，他還是人，不是超人。他的神經，還是人的神經，並不是鋼鐵。因此，他在這個倒楣的夜晚闖進這個倒楣的屋子，出乎意外遇到了這樣一件倒楣的事，他多少有點慌。直到眼前，他才有工夫，透出一口氣。他開始抹汗，掏紙煙，點火，猛吸第一口煙，煙胃空虛得太久了。

他一邊噴煙，一邊向四下察看，他在想，不用太慌，觀察應該慢慢地來，鎮靜是必需的。然而，卻也不宜逗留太久，他絕不能忘卻自己正是黑暗中的接收者——一個賊，天是終究真的要亮的！

好吧，擇要觀察，擇要研究，先將房內主要的東西，看清楚了再說。

首先吸引視線的，當然就是展開在屍體面前的那張方形辦公桌。桌子的兩對面，各放著一張同式的旋轉椅，現在，一張椅子裡安坐著那具死屍，對面一張是空著。桌子中心，有兩副連同墨水罐的筆座，背向而放。兩個座位之前，各有一方玻璃板。看情形，平時這張辦公桌上，除了主人之外，另有一個什麼人，在這裡憩坐或者辦公。當然，獨自用不著安置兩副文具的。

不錯，他記起來了——

他曾聽說，主人有一個詭祕的密友，出入常在一起。那人曾在日本人手下當過榮譽走狗，大名叫做張槐林。可能辦公桌的另一座位，正是為這個榮譽人物而設置的。

再看桌面上，有一種刺眼的凌亂，各種雜物，大半都像逃過一次難，不再安居於原位。兩副筆座，在空座前的一副，七橫八豎，堆積著四枝鋼筆；在屍體這邊的一副，只有墨水罐，沒有筆。那臺電話機，像被移動過了位置，轉盤向著不二不三的角度。並且，電線已經割斷了。割電線的器具，看來就是被拋擲在電話機旁的一柄剪信封的長鋒剪刀，剪鋒張開著。因這剪斷的電話線，使他連帶注意到下垂在桌子中央的一根電鈴繩，繩端的按鈕，也已剪下，這被剪下的按按鈕，連同一小段繩滾在桌子的一角，靠向空座的這一邊。

魯平在想：好極了，一道嚴格的交通封鎖線，做得真乾淨！

他把雙手分插在褲袋裡，銜著煙，走到屍體一旁，俯下臉，看看那塊玻璃板下，壓著些什麼。唷，五光十色，很耀眼，全部都是女人的相片，沒有別的。那些相片，彩色的，黑白的，從一寸到四寸全有。全部共分四個橫行，排列得相當整齊。從這一組收藏品內，可以看到，死者生前，對於女人具有一種相當精審的鑑別力。每張照片，或是線條，或是姿態，或是眼神，打分數，全都是「超」，或者「優」，至少是「可」；沒有像個柳樹精那樣醜陋的。有些照片，簽有美麗的名字，如：什麼鶯，什麼燕以及什麼玲玲莉莉之類，內中有一張，特別題上了些使人失眠的字句，寫的是——親愛的阿妙，我的小乳牛；下面是，你的珍。嗯，多麼那個！

魯平看得興奮起來，他脫下了他的呢帽，隨手拋在一邊。他的面孔湊近距離死屍的鼻子不到三寸遠，他獨自嚕咕著：「在這個亂得一團糟的世界上，除女人之外，沒有太多東西可以留戀了！喂，親愛的同志，你說是不是？」

死屍沒有氣力發聲，瞪眼表示默認。於是他又代表死屍嘆息一聲說：「有了那麼多的女朋友，那麼早，就向她們喊出Goodbye，夠淒涼了，唉！」

他獨自這樣胡扯，實際並沒有忘卻他的正事。他目光灼灼，看出了這塊玻璃板下，也有些毛病存在著：在第三行相片的一端，有幾張相片相距太遠，留出了太多的空隙。下角的一部分照片，都有點歪扯，破壞了整體勻稱。是不是被拿走了其中一張呢？看來，是有可能的。那麼，這張照片是不是就在今晚被拿走的呢？是的，這也可能的。那麼，是不是這位陳先生的凶殺，還牽涉女人的問題呢？這雖說不定，但也可能的。

總之，不管是不是，這一點應該記下來。

除了照片之外，玻璃板上放著一隻金質紙煙盒，跟一盒火柴，而煙的牌子是小三炮。因這煙盒，使他連帶注意到屍體所坐的椅子附近，遺棄著兩枚煙尾。拾起來看時，顯然是死者自己所留。於此可以知道，死者在未遭槍殺之前，坐在這個轉椅上，至少，有吸去兩根煙或者更多的時間。

此外，在玻璃板上，另外遺留著一根燃過而並沒有吸過的煙——所謂燃過而並沒有吸過，這需要加以說明，原來，那根煙的頭上，半邊的紙圈，已經被火燻黑，甚至已被燒殘，另半邊，卻還沒有燃著。這提示些什麼呢？可能的解釋是：這位死者先生，他在拿起這第三根煙點燃時，他已預先知道，他的一隻腳，已經踏上死亡的邊線，因此，手發抖，才會把這紙煙，燒成這個樣子。

還有一點，這根燒殘的煙，跟兩枚煙尾與盒內的煙不同。這是一個要點，很值得注意。

於是，他把這根燒殘的煙，連同兩枚煙尾，一同裝入了那個金質煙盒。他向死屍點了一個頭，算是道謝。然後，他把煙盒免費沒收，裝進了衣袋。

這是踏進屋子之後的第一件接收品。

五　兩個或三個

他的注意力移轉了方向。

從屍體旁，走向對方那個空著的旋轉椅邊。這裡的玻璃板，空洞洞的，遠不及對方熱鬧。玻璃的一角，只壓著一張四寸彩色的女人照——對方玻璃板下，也有相同的一張——照片上簽有一個西文小名，上款題得很客氣：「槐林先生留念。」魯平想，自己猜得不錯，這個空座，正是那隻榮譽走狗的位子。

視線溜過來，他看出這張空的旋轉椅子，剛才曾經坐過人。因為，玻璃板的右側，放著一隻玻璃煙灰缸，這個煙灰缸曾被抹拭得很潔淨；但在一個插煙孔內，卻插著大半根紙煙，煙灰缸留有少許的紙煙灰。俯視下，在旋轉椅的左邊，也有一些煙灰遺留。不錯，他想，這張空椅上一定坐過人。

順著再看過去。在轉椅左方，地位略後些，有一隻從靠壁移過來的輕便沙發，斜對著方桌的一角，被安放得非常「不落位」。在這輕便沙發的一邊，連帶從別處移來了一架落地煙灰缸，裡面也有少許煙灰，還有兩枚絕短的紙煙尾。看來，這裡也曾坐過一個人。

綜合以上的情形，給予魯平以一種模糊恍惚的印象：當時，曾經坐在死者對方而跟死者談話過一些時候的來客，一共有兩個：其中一個，看來，那像是談話的主角；另一個，從那坐著的地位上看，像是比較不重要的旁聽者。

不管這些，他又掏出小冊，記下來。

有個恍恍惚惚的問題飄進了腦內，他在想，會不會當時坐在這張空的旋轉椅內的人，正是那名喚張槐林的傢伙呢？會不會這件槍殺案，正是兩個壞蛋，因可恥的內訌而造成的結果呢？

他拿起桌上煙灰缸中所插著的半根殘煙，仔細看，這根煙的牌子，跟屍體面前所遺留的相同。再把落地煙灰缸中所留的另外兩支絕短的煙尾撿起來細看，煙的鋼印雖已燒去，他把煙絲小心地剔出些來，憑著抽紙煙的經驗，依然可以辨別，這兩個煙尾，同樣是絞盤牌。

這四支煙，可能是兩位來賓之一所自備的，因為，主人所抽的，分明是小三炮。

由此可以推測，來客可能也是相當闊綽的人。

另一特點吸引了他的注意，這四支煙，除了遺留在屍體前的一支，其餘兩枚煙尾，與半支殘煙，頭上都有一些顏色沾染著，鮮紅的。

他的眼珠突然發亮，在想，嗯，這是口紅。這一瞬的意念，重新閃進他的腦內，這事件是直接牽涉女人的，這三支煙，正是女人所抽的。

那麼，剛才坐在死者對面的兩位來賓，是否全是女人呢？

再細看，這三支煙的紅色，全都偏深於半邊。他在想，那個女人，是怎樣銜著那支煙，才會留下這樣的痕跡呢？這一問題，似乎並不太重要，比較重要的一點是，落地煙灰缸上的兩枚煙尾，為什麼抽得如此之短？一個抹著口紅抽著高貴紙煙的漂亮女人——看了玻璃板上的那些照片，他有理由相信抽這紙煙的女人，樣子一定相當漂亮——會有這樣吝嗇的表現嗎？難道，她竟不怕太短的紙煙尾，會使她的纖指喪失美觀嗎？

他的空洞的目光，望向斜放著的輕便沙發，凝視了片刻。他沉思，點頭，微笑。微笑表示他對這個問題，已經獲得了一個解釋。

他把剛接收的金質煙盒，重新掏出來，把這兩枚絞盤牌的絕短的煙尾，與半支絞盤牌的殘煙，一同放了進去，重新裝好。

現在，所有室內遺留下的紙煙尾，包括絞盤牌的，與小三炮的，全部都已收藏進了他的衣袋。

然後，他自己乘機換上了一支土耳其紙煙，他把自己吸殘的煙蒂，隨手拋進了桌上的煙灰缸。

他有點孩子氣，他微笑著好玩地想，假使明天，福爾摩斯從西敏寺的地底下走出來，走進這間屍室，偵探這件「奇案」，多少，他要感到頭痛吧？

已經扮演過偵探，不妨再當一次義務的驗屍官，根據偵探小說上的說法，死屍，那是一種相當懶惰而不太會逃跑的東西，所以，檢驗手續，不妨留在最後一步辦。他噴著濃烈的煙，再從對面走過來，站定在屍體的左側。

他把攤在椅靠上的屍體的左臂，提起，放下，試一試屍體的僵硬程度。其實，他對這方面的知識，知道得並不多。他之所以這樣做，那不過是要裝得像一個驗屍官，在那裡裝模作樣而已。

死屍的左臂，戴著一隻手錶，在黑暗中，滴答，滴答，而給予他最初的警覺的，就是這只錶。解下來一看，牌子是著名的摩凡陀。奇怪，第一批的廉潔接收者，如果目的跟自己相同，專為接收而來，那麼，他們或她們，在收下了保險箱中的一批物資以後，為什麼不順手帶走那個金質煙盒跟這手錶？稱為接收員的人，會如此廉潔嗎？不會吧？

他在想，看來這件事的主因，並不像為了單純的劫財！

不去管它，這只錶，總還值點錢，人棄我收，收下吧，何必太客氣！

他向死屍道了個歉，把這摩凡陀錶，謙遜地收進了衣袋。這是他所接收下的剩餘接收品之第二件。

他又開始檢查屍體的傷口。

屍體的襯衫上，那個子彈洞，並沒有焦灼痕。可見發槍的距離，並不太近。看來那個業餘劊子手，正是隔著方桌，向死者開槍的。為了便於察看，他把桌上那把長鋒剪刀順手抓過來，在屍體的襯衫上開了一個小方孔。他俯首，細視。

傷口在右乳之上。哎呀，那個彈孔，扯得如此之大，那是一支什麼槍，會製造出這樣的成績來？

旋轉了一下那張轉椅，他把那具倔強的屍體用力推得俯下些，看一看，背部有沒有子彈的出口？嗯，有的。好吧，一不做，二不休，他在襯衫背部再剪了一個小方洞，以便空氣特別可以流通些。細看，子彈的出口偏於脊骨之右，位置較入口略低，這顯示子彈成一斜線穿過死者的軀體，而且凶手在發槍時，槍口是微微向下的。

他猛然仰直身子，目光凝視著對面轉椅的右方，這位置，也就是他最初站在那裡用手電筒照見這具死屍的位置。他想，顯然的，槍彈正是從這一個角度發射過來的。那麼，當時這間屋子裡，除了坐著兩位來賓以外，可能還有第三位來賓在。那個人顯然是站著開槍的。雖然說，起先坐著的人，後來也可以站起來開槍，可是看情形，那不如說另有第三人，更為近情理。

他一邊忖度，一邊蹲著身子，在轉椅之後，去找那顆子彈。他在牆下找到了目的物，又在附近找到了那枚彈殼。細細看，那是一種軍用手槍的鋼頭子彈，樣式有點特別。他輕吹口哨，把這槍彈與彈殼放在掌心之內，輕輕拋起來，感覺它的分量。就在這個時候，他忽發現死者右邊的西裝褲袋裡，也露出一支槍柄。抽出來一看，那是一支德國製的 7.65mm 口徑的「Luger」槍。槍膛裡餘存著五顆子彈，而扳機卻扣住沒有開。這，似乎可以說明死者備著槍而不想拔槍抵抗的幾個原因此一，或許是‥情勢上來不及。

六　來賓們的餘興

還有，這支槍內的子彈，跟射殺死者的那一顆子彈，完全一樣。而且，這種 Luger 槍，有個出名惡毒的特點：它能在被射者的身體上製造出一個很大的傷口來。可知凶手用的槍，跟死者所備的這一支槍正是同款。

據他所知，這種槍，在上海很不多見。他記得以前曾經聽說過，納粹惡魔快要屈膝之前，有一批留駐於上海的德國祕密工作者，被他們的盟友——日本，以親善的態度繳了械，所繳下的槍械之中，就包括著一批這樣的手槍。其後，日本卻把這批槍的一小部分，分給了幾個高級的中國走狗，以供殘殺中國志士之用，這正是這種槍的唯一來路。除此以外，在別一條路上，不會有這東西。由此一點，可以推知，這位剛被送回家的陳妙根先生，過去，他跟日本也曾有過關係。進一步可以推知，那個凶手，也正是死者同夥中的一個人。像這樣的推測，大概離題不會太遠吧？

這時，那個壞蛋張槐林的名字，不覺又在他的腦海，輕輕地一閃。

他把這支槍，連同那顆子彈與彈殼，一同收進他自己的衣袋。嗯，這也算是倒楣的接收品之一。

他繼續輕吹口哨，從屍體右側繞過了方桌，走到屍體的斜對方，就在那張輕便沙發上坐下來。接上他的煙，閉眼，養神，沉思。

窗外，雨的尾巴沒有停，簌簌簌，簌簌簌。

公園路上偶然還有黏膩的車輪在滑過。

室內所有，只是靜寂，靜寂，再加上靜寂。

靜寂帶來了一個問題，使他感到訝異。他知道這種穿大洞的Luger槍，發槍之際，聲音相當大。即使說，這屋子的二樓上完全沒有人。難道，三樓與一樓，也都沒有人？就算這宅洋樓裡面完全沒有人，但在發槍的時候，公園路上的行人，應該沒有完全斷絕，附近的鄰居應該沒有完全熟睡，為什麼沒有人被這龐大的槍聲所驚動？並且，那個大膽的凶手，為什麼竟也並不顧慮到這一點？

他的眼珠轉動了一陣。

砰砰砰，砰砰砰！他的耳邊好像浮起了一片幻聲。他在露出微笑，他明白了。

他以靜待理髮那樣怠惰的姿態，安坐在那張沙發中，深夜的寂寞，使他止不住連連打哈欠，於是，他把疲倦的眼光，不經意地再度溜上桌面。

有一小疊對折著的一萬元票面的偽幣，在那臺電話機之下，塞住了一小角。起先，他早已看見，並沒有特別注意。這時，他從沙發上面無聊地站起來把這疊紙幣抓到手裡隨便翻了翻。這疊紙幣，除了最外層的偽鈔，內中還有幾張法幣，幾張關金券與兩張一元的美鈔。數目的價值，大概只夠換幾包紙煙。一個接收員也是難得廉潔，為了表示偶然的廉潔，他以不值一顧的態度，隨手把這一小疊紙幣，抛回到桌面上。

現在，似乎已經沒有別的東西，再值得注意。雨腳在滴瀝，死屍在沉睡，他的眼皮在加重。

看手錶，時間已近一點三十分。

假使自己並不準備跟這死屍做長夜之談，該是可以動身的時候了，他想。

好吧，走。

丟掉了煙尾，伸個懶腰，輕輕吹著口哨，走到門口，當他拔出短閂，把那扇門開成了一道狹縫時，忽然，他不知想到了什麼，重新又回到屍體的一旁。他揭起那塊玻璃板，把那大批女人的照片，擄在一起，疊疊齊整，全數裝進了他的衣袋。

這一舉動，並無深意，不過因為他是一個「色的愛好者」，他很願意繼承死者遺志，把這一組收藏品，好好保留起來。遺失了未免可惜。

順便，他把那疊已經放棄的紙幣，一同裝進了他的錢夾——記著，那只是順便而已。

他向那位 Mister 陳，輕輕道聲晚安，然後，拉開門，頭也不回，揚長而去。甬道間還跟剛才一樣靜。

為了避免飛簷走壁的麻煩，他不打算再走原路。他大搖大擺走向樓梯口，大搖大擺從樓梯上走下來。

快要走到樓梯盡頭的時候，驀地，他被一種來自黑暗中的細微而又沉悶的聲音，嚇了一大跳！那種聲音非常奇怪，像是一個鬼，躲在黑暗之中輕輕嘆著氣！

哎呀！這是什麼聲音哪？

他的腳步黏在階梯上。

細聽，憑他的經驗，他立刻聽出，樓下正有什麼人，被人塞住了嘴，禁閉了起來。不用多說，這是那些來賓們的傑作之一。

很多人知道，魯平，他是一個具有仁慈心腸的人。依他的本意，當然，他很願意費點手腳，把這被禁錮的人解放出來。但是，他也知道：中國有種傳統哲學，它會告訴你說，假如你在路上遇到了一個被撞倒的孩子，最聰明的辦法，那就是趕快遠避，你要多事，哼，你得負責。

一個聰明人，會願意代負這種撞倒孩子的責任嗎？不要多管閒事，走吧，朋友！

他退到了樓梯口，想了想，他重新走上樓梯，重新回進那條甬道，重新推開那扇虛掩著的門——這不是屍室的門，而是最初他通過的那扇臥室的門，他重新進入了那間臥室之中。

他在那架流線型的梳妝檯邊站定，看了看，卻把妝檯上的兩小管口紅，最後裝進了衣袋，大概，這也是「順便」吧？

然後，他從長窗裡面踏上那座溼淋淋的陽臺，仍舊利用那架理想的梯子，輕輕攀緣而下。

好吧，金條、美鈔、股票，乘興而來。死屍、驚恐、忙碌，敗興而歸。一種免不掉的失望，重新襲上了他的心坎，使他不復顧及行動的悠閒。牆上的藤蘿，積滿著雨水，淋淋漓漓，把他那套漂亮的西裝，弄成了一身溼。

他的樣子，變成狼狽非常，不再像是一位正從雞尾酒會上走出來的大官員。

假使這個時候，遇到一個人，看出了他的上臺與下臺的不同，他要感到臉紅了吧？好在，轉眼間，他高大的身影，已消逝於黑暗中，不會有人再看見。

七 紙幣之謎

第二天上午。

魯平獨自坐在一間小而精緻的書房內，默默地研究昨夜發生於公園路上的那件血案。他相信，假使他有興致，願意調查一下真相的話，至少，對於探訪的路線，他是有點把握的。

那麼，他願不願意，就以一個賊的身分，代表尊嚴的法律把那殺人凶手抓回來呢？不錯，他很樂意於把那個凶手找回來。但是，他並不願意代法律張目。他一向認為：法律也者，那只是某些聰明人在某種尷尬局勢之下所製造成的一種類似符籙那樣的東西。符籙，也許可以嚇嚇笨鬼，但絕對不能嚇退那些凶橫而又狡詐的惡鬼，非但不能嚇退，甚至，有好多的惡鬼，是專門躲藏於符籙之後，在扮演他們鬼的把戲的！法律這種東西，其最大的效用，比之符籙也差不多。因此，要他維護法律，謝謝，他卻沒有這樣好的胃口！他所著眼的是，只想找到那個以 Luger 槍為玩具的「生命的玩笑者」，拍拍他，讓他把已吮進的血，照數吐出來。這對他而言，就能感到滿足。

然而，這需要花費相當的時間。

問題是，找到凶手之後，能不能把保險箱中的贓物拿回來呢？拿回來的，能不能是贓物的全部呢？就算是全部吧，為了區區一千萬元左右的數目，值不值得費上更多的麻煩呢？

他對這問題的答案，只是搖頭而又搖頭，一整個上午，他搖了好幾次的頭。

總之，他對這件事的興趣，一丈高的水，已經退去了八尺半。

他準備無條件地放棄了。

但是，一到下午，他已然喪失的興趣，卻又被那疊奇怪的紙幣，重新點燃了起來。

那疊紙幣，是他在屍室中的電話機之下撿到的。昨夜的某一瞬間，他曾被這東西引起過一點小小的注意，因此，順手牽羊，把它們塞進了衣袋。

今天，他偶然重新翻檢，越看越奇怪。

那疊紙幣，的確相當奇怪。不，該說是非常奇怪！

紙幣的總數一共是十三張，內中包括：一萬元的偽鈔兩張，一千元的法幣五張，一百元的法幣一張，十元票面的關金券三張；最奇怪的是，內中還有美鈔，那是一元券兩張。

整個看來，這紙幣是非常混亂的，混亂得跟現實社會上的人物一樣，大人，先生，流氓，混蛋，什麼都有。而這紙幣，也是關金券、法幣、美鈔、偽幣，一應俱全，真雜亂得可觀。但從另一方面看，這紙幣卻又是非常整齊的，因為，這紙幣的疊法，那是萬歸萬，千歸千，百歸百，十歸十，單歸單；單數疊在十數上，十數疊在百數上，百數在疊千數上，千數疊在萬數上，最後卻又對折起來，粗看，只像是薄薄的一疊儲備票。

為什麼要把這些雜亂的紙幣，整理成這樣的方式呢？他在想，會不會這裡面含藏著什麼作用呢？

想想，這是不會的，不要神經質吧！但是，這實在使他感到太可怪。

他狂抽紙煙，紙煙並沒有幫助他想到一個所以然。

他無聊地在書桌之前坐下，提起筆來，信手亂塗。他在一張白紙上面信手寫著：偽鈔二萬元，法幣五千一百元，關金券三十元，美金二元。之後，又把票面上的數目胡亂加在一起，寫成二萬五千一百三十二元，一連寫了好多個。

但是，這有什麼意思呢？

最後他把這數目改為阿拉伯數字25132，又寫下了好多個。他無聊得大打哈欠。

一通外來的電話打斷了他的疲倦，他通完話，抛下聽筒在室內盤旋，抽煙，吹口哨。偶然他的身子站定在書桌前，視線卻讓那張亂塗過一陣的紙吸住了。

他的眼珠閃出了光華。

他突然發覺，這個數字，很像一個電話號碼。他想，會不會那疊雜亂而又整齊的紙幣，真的隱藏著一個電話號碼呢？

這樣想時，有一種離奇的幻想，立刻閃進了他的腦內：

那夜他曾推測，當那凶案未發生之前，那房中，至少曾有三個人，面對著死者。三人之中有一個人帶著槍，或者不只一個人帶著槍。或者雖也有槍，但已不及拔出。而且，電話、電鈴，都已被割斷，死者整個生命，已被緊握在死神的手掌中，連呼救的機會也沒有了。當時，死者處於這樣的局勢之下，他將有怎樣的念頭呢？或許他會這樣想：逃命，已經是不可能，退而求其次，能不能設法，留下點什麼線索來，好讓人知道是誰殺死他的。如上的想法，會有可能嗎？是的，這或許是可能的。而且，在許多所謂偵探小說上，的確有過類似這樣的方法。據他所知，死者是個相當機警的人，可能他會抄襲一下這種方法，或自己發明這種方法。

那麼，這疊奇異的紙幣，真的有些意思嗎？

而主要的一點是，那疊紙幣，恰巧又是被壓在電話機的一角之上，好像有意提示人家，對於電話加以注意似的。

如上的想法，雖然太幻祕，看來倒也頭頭是道。

不去管它是幻想，是理想，或是事實，撥一個這樣的號碼試試看，也不礙。

他以上海人所謂「開玩笑」的心理，跳向電話機邊，照樣撥了一個號碼：25132。

他抓著話筒，興奮而又好奇地傾聽著。

嗡嗡嗡，有人在通話。稍停，再撥，還是嗡嗡嗡。

那隻電話看來相當忙。

第三次撥，電話接通了。一個女孩子的聲音，對方悻悻然地問：「找誰？」

「你們是……」他反問。

「海蓬路二十四號。」對方立刻附加，「李小姐不在家！」吧答，電話掛斷了。

奇怪，沒有人提到什麼張小姐或李小姐，而對方，卻自動地說明「李小姐不在家！」

可見那隻電話，打給所謂李小姐的人相當多。夠了，單這一句，已經夠了。這時，他的腦內，立刻又跳出了那夜在房間裡所看到的一些東西：第一是沾染口紅的紙煙尾，第二是玻璃板下被移動的女人的照片。至少，這裡有一個女人已經出現了。嗯，看來幻想已經不再是幻想，可能幻想將要成為事實了。

他興奮得快要跳躍起來！趕快再打電話。

這一次，他的電話是打給他的部下小韓——韓小偉，是一名二十四歲的機警活躍的青年，聰明勝過海狗，對於上海市內的人與事，知道得比仙人還要多。他的綽號，叫做「上海百科全書」。不一會兒，他聽那部百科全書在電話裡問道：「誰？Chef（法文首領之意）嗎？有何吩咐？」

「在你的百科全書上翻一翻，海蓬路二十四號，住的是什麼人？假使你的版本上沒有的話，你能不能設法查一查？」

「你問海蓬路二十四號？讓我想一想，嗯，這……」對方略一沉吟，「這用不著查，那是一宅孤單的花園小洋房，主人姓曹。」

魯平在想，看來，那宅屋子一定很有名，否則，那部百科全書，不會記得如此清楚。他說：

「啊，主人姓曹。那個屋子裡，有沒有一位姓李的小姐？大概是木子李。」

「有的，黎小姐。」對方立刻說，但是他又改正，「你記錯了，那是黎明的黎。咦！Chef，難道你連這位大名鼎鼎的交際花都不知道？」

「不勝慚愧之至！」這邊帶點譏諷，「她的芳名叫什麼？請你指教。」

「啊，她的名字像你一樣，多得不計其數：黎之華，黎桂珍，黎明眸，黎亞男，黎蘭，黎……」

「不要再黎吧，我喜歡合，不喜歡離。」這邊趕快阻止，「她常用的名字叫什麼？」

「黎亞男。」

「她漂亮嗎？」

「漂亮極了！那還用說嘛！」魯平感覺到對方的饞涎，快要從電線上面流過來。

「她有抹口紅的習慣嗎？」

「一杯水果聖代上面，不加上一顆鮮紅欲滴的櫻桃，那會缺少色調上的和諧。你說對不對？哈哈！」

「她抽煙嗎？」

「癮頭幾乎跟你一樣大。」

「你知不知道，這位黎小姐，她跟那個姓曹的屋主，是什麼關係？」

「嗯，這，這倒不大清楚，大概她是寄寓在那個姓曹的家裡的。而現在，她卻差不多成了那宅屋子的主人了。」

「你知道那宅屋子的電話號碼？」

「當然，那是4711啊！」

「什麼？」魯平說，「4711？四個字的電話號碼？」

「我是說，那支電話的號碼，知道的人相當多，差不多帶著點4711的香味。」

對方含笑，「且慢，讓我想想看，好像25……」

「25132，對不對。」這邊立刻給他接上。

「對對對，25132。」

這時，魯平興奮得快要大叫，他緊抓著話筒高聲說：「喂喂，小韓，你有方法，調查一下這朵交際花常到的地方嗎？」

「大概可以。」

「那麼，你趕快把她昨夜的蹤跡調查一下，從九點鐘起。……不，可以從十點鐘起，到十二點為止，在這兩個鐘頭之內，她在什麼地方，弄得清楚些。」

「為什麼？」

「你不用管，四小時內我等報告。來不及的話，你讓大茭白幫你去調查，可以嗎？」

「可以！還有吩咐嗎？」

「暫時沒有了。」

他放下聽筒，狂搓著手。現在，他的幻想——不，該說是理想——差不多已逐步變為事實了。他捺住興奮，坐下來，吹哨，抽煙，思索。他覺得，那位陳妙根先生，他把那疊雜亂的紙幣，代表了25132的數字，那真有點聰明。在死者的料想中，一定期待著一個什麼人，那個人，跟他具有同等的機敏，一見到那疊壓在電話機下的紙幣，或許就會領悟，這是一個電話號碼，藉由這電話號碼，也就立刻知道，誰是跟這凶案有關的人。好，真聰明的辦法呀！

凝想之際，他覺得他的理想，已經由點成線，由線成面，再把幾個平面拼合起來，就可以成為一個立體，把握在手裡了。

他高興得了不得。

而同時，他也焦急得了不得。僅僅一小時內，他已看了好幾次錶，他急急於期望著那個小韓，能把報告提早些送回來。可是，電話機在牆上瞌睡，一點聲音都沒有。

就在這個時候，室門輕啟，有一個人搖搖擺擺踏著鴨子式的步伐，走入了室內。

七　紙幣之謎

八　老孟的報告

走進來的人，是個中年的矮胖子。一張橘皮色的臉，配著一個蘿蔔形的鼻子，加上一撮希特勒式的短髭。簇新的西裝，質料很高貴，但是穿在身上，臃腫得刺眼。那個傢伙，正是他的老伴——孟興。

那張橘皮臉上抹著一臉笑。他抬起他的肥手說：「啊，老大，你好。」

魯平凝視著那枚鮮紅可愛的鼻子說：「哈囉，老孟，看你這副高興的樣子，一定又帶來了不少的新聞啦，是不是？」

「嗯，新聞，多得衣袋裡快要裝不下。」對方拍拍他凸起著的大肚子。

「為什麼不去買個大號旅行袋？」

「假使每天都有這麼多新聞的話，我怕我得添備一輛送貨車，那才好！」

「新聞竟有那麼多？」魯平好笑地說：「好，坐下來說。」

格，格，格，格，一張輕巧的椅子在低聲求饒，顯見這位高貴的來賓，近來又增加了不少體重，魯平把身子旋轉些，望著他，等待著他的新聞。

「嗯，老大，你知道嗎？——」對方坐定之後，掏出一支相當於他身體一樣粗肥的雪茄，夾在指縫裡說，「那椿大敲詐案，已經成交了。聽說，拍板的數目，是美金八十萬。」

一個肥人，似乎不宜於舉出太大的數字，因此，當他說出這個數目時，他有點氣喘。他又補充：「這件事的內幕，知道的人並不多。老大，你，當然是完全知道。」

「我並不知道咧。」魯平半閉著眼，抽煙，搖頭。他對這個情報顯然不感興趣。但是他說：「我的消息不及你。好，聽聽你的吧。」

我的消息不及你，這一讚美，卻使對方的鼻子，增了更加多的紅光。於是，他把那支雪茄，作勢湊近嘴，準備咬掉雪茄的尖端，但是結果，他沒有咬。他說：

「這件事，說來相當長，事情的起源，遠在半年之前，那個時候，德國鬼子正在節節退敗，日本鬼子們，大概也已料到，他們再也不能打勝那個倒楣的仗。因此，有幾個在華的軍閥和財閥，曾把幾批價值相當大的物資，陸續祕密移交一個中國女子代為保管。聽說，那些物資，預備以後留作一種祕密用途。至於什麼用途，完全無人知道。總之，日本鬼子是出名具有遠大眼光的。」

魯平把煙掛在嘴角裡。他對對方這套囉嗦，裝出了用心傾聽的神情。

「請你說得扼要些。」

「那個中國女人，名字叫做黃美麗。」老孟揮舞他那支未燃的雪茄，有力地說。

「那大概是黃瑪麗。」這邊給他改正。

「嗯，是的，黃瑪麗。她是一個手段毒辣的女間諜，專給日本人辦事，已有好多年。她的名頭不及川島芳子響，但是神通卻比川島芳子大得多。一向，她的蹤跡飄忽無定，見過她面的人非常少。聽說，她曾嫁過人，年齡已有三十，面貌並不美。」

關於這個矮胖子所報告的事，魯平知道所謂黃瑪麗確乎有這個人，而且這個女人的神通，確乎相當廣大，但是，他並不相信，有什麼日本鬼子會把什麼龐大的物資交給她。他也絕對沒有聽到過這個黃瑪麗，曾經被牽涉到什麼美金大敲詐案。總之這是一個來自真空管內的消息而已。他嘴裡只管嗯嗯呃呃，實際，他在期待著壁上的電話鈴。他渴望著那部上海百科全書，能把他所需要的消息，趕快些翻出來。

可是老孟還很起勁地說下去：

「這個黃瑪麗，本人不在上海，但是她有很多的動產與不動產，存留在本地。她還特派兩個心腹，代她負責經管一切。勝利以後，本市有個最大的敲詐黨，探知了這個祕密，馬上就向黃瑪麗的財產代理人之一，擺出了一個『華容道』，非要他大大放血一次不可。對方的開價，最初就是美金八十萬。喂，你聽著，八十萬，美金！」

老孟費力地說了這個數目，一看，對方的魯平，兩眼越閉越緊，快有入睡的樣子，他趕緊大聲說：

「現在，這筆生意成交了，美金……」

「是的，成交了。」魯平趕緊睜眼，接口說：「八十萬。」

「這麼大的一筆生意，」矮胖子興奮地高叫：「難道我們不能動動腦筋，賺點佣金嗎？」

「噢，賺點佣金？」魯平打著哈欠說，「你須知道，在這個年頭上，最大的生意必須是官辦，最低限度，也必須是官商合辦，那才有『苗頭』，而我們呢，只是安分守己的小商人，背後缺少有力的支持，那只好做些餬口的小生意而已。」

老孟一聽，那撮希特勒式的短髭，立刻撅了起來！魯平趕快安慰他說：「你既有大志，想做賺美金的大生意，那很好。那麼請你說說看，那個所謂敲詐黨，是些何等的腳色呢？」

「聽說他們背後，是很有些勢力的。」

「這是當然的。你把主角的姓名，舉幾個出來。」

「這——這個嗎?我還不大清楚咧。」

「那麼,所謂黃瑪麗的財產管理人——那個被敲詐的苦主——又是誰呢?」

「這個嘛……」

魯平把雙手一攤,聳聳肩膀。

矮胖子一看樣子,覺得賺美金的生意,已經缺少指望。他把那支始終不曾燃上火的雪茄,湊近鼻子嗅了嗅,然後,小心地把它藏好,撅著嘴,站起來,準備告退。

魯平趕緊說:「怎麼?老孟。你說你的新聞,要用送貨車來裝,難道只有這麼一點點?」

九　第二種報告

老孟已經走到門口，一聽魯平這樣說，趕緊回進室內。他伸出肥手，拍拍他的禿頂說：「哎呀，我真該死，忘掉了。」

他把他的肥軀，格格格，重新放進了那張不勝負擔的椅內，重新又掏出了那支名貴的雪茄，重新夾在指縫裡。一面問：「昨夜裡的那件離奇的血案，你知道嗎？」

魯平的眼珠立刻一亮，他假裝不知，吃驚地問：「什麼血案？被殺的是誰？」

「被殺的傢伙，叫作陳妙根。」

「啊，陳妙根，那是一個何等的腳色呀？」

「那個傢伙，究竟是個什麼路道，完全無人知道。大概過去也跟日本鬼子有過什麼不乾不淨的關係。到現在，還是神氣活現，算是一個坐汽車住洋樓的階級咧。」

「啊，一個不要臉的壞蛋，難道沒有人檢舉他？」

「檢舉？省省！」那撮短髭一撅，「聽說他神通廣大。」

「嗯，這個封神榜式的世界，神通廣大的人物竟有這麼多！」魯平獨自咕嚕。他問：「那個壞蛋在什麼地方被殺呀？」

「公園路三十二號，華山公園背後一宅小洋樓內。那是他的一個小公館。」

「你把詳細的情形說說看。」魯平很想知道一些關於這件事的更多消息，因此他向老孟這樣問。

「詳細情形嗎？嘿，那真離奇得了不得。」老孟一見魯平提起了興趣，他的那枚蘿蔔形的鼻子，特別紅起來。他把那支未燃的雪茄，指指劃劃地說：「凶案大約發生於昨夜十一點鐘之後。據這屋子裡的人說，主人陳妙根，最近不留宿在這個小公館裡。每天，只在很晚的時間，溜回來一次。昨夜回來得比較早，大約在十點半左右。」

老孟這樣說時，魯平想起了那兩枚小三炮的煙尾，他暗忖，假使這個陳妙根的煙癮並不太大的話，那麼，消耗兩支煙的時間，可能是在三十分鐘至四十分鐘之間。大概那個時候，那幾位玩手槍的貴賓，還不曾光臨。那麼，現在可以假定，來賓們光臨的時刻，或許是在十一點鐘左右。至於死者被槍殺的時刻，他可以確定，毫無疑義那是在十一點二十一分。由此，可以推知，來賓們在那間房中，至少也曾逗留過一刻鐘或者二十分鐘以上。照這樣估計，大致不會錯。

想的時候他在暗暗點頭，他嘴裡喃喃地說：「嗯，差不多。」

「什麼？」老孟猛然抬頭問，「你說差不多？」

「你不用管，說下去吧。」

老孟抹抹他的短髭，繼續說下去道：「再據屋子裡的男僕阿方說，主人回來的時候，照老規矩，徑直走上二樓上的一間房間——大概是會客室。看樣子，好像他在等候一個人。不料，他等候的人沒有來，死神倒來了。結果，凶手開了一槍，把他打死在那間房裡。」

「你說，他好像在等一個人，等的是誰？」魯平著意地問。

「大約是在等他的一個朋友，那個人，名字叫作張槐林，也是一個壞蛋。」

「那麼，」魯平故意問：「開槍的凶手，不就是這個名叫張槐林的壞蛋呢？」

「不是。」

「何以見得？」

「據那個男僕說他們原是非常好的朋友。」

魯平在想，假使那隻日本走狗張槐林，並不是三位來賓之一的話，那麼，陳妙根臨死前那疊紙幣的線索，一定就是特地為這個人而布下的。因為，陳妙根在未遭槍殺之前，原是在等候這個人。想的時候他又問：「這個案子，誰是第一個發現的？」

「就是這個張槐林。」

「就是這個張槐林？」魯平轉著眼珠，「他是怎樣發現的？在今天早晨嗎？」

「不，」老孟搖頭，「就在昨夜，大約一點半鐘多一點。」

魯平喃喃地說：「前後只差一步。」

「你說什麼，老大？」矮胖子抬眼問。

「我並沒有說什麼。」魯平向他擠擠眼，「你再說下去。」

「本來，」矮胖子揮舞著那支道具式的雪茄，繼續說，「那個張槐林，跟死者約定十一點鐘在這屋子裡會面。因為別的事情，去得遲了點，走到這屋子的門口，只見正門敞開，樓下完全沒有人。他一直走上了二樓，卻發現他的那位好朋友，已經被人送回了老家。」

「陳妙根被槍殺的時候，屋子裡有些什麼人？」

「前面說過的那個男僕，還有死者的一個堂兄。」

「當時他們在哪裡？」

「在樓下，被人關了起來。」

「關了起來？」魯平假作吃驚地問：「誰把他們關起來的？」

「當然是那些凶手。」

「那麼，」魯平趕緊問：「這兩個被關起來的人，當然見過凶手的真面目。」

「沒有。」矮胖子撅嘴。

「沒有？好奇怪呀！」

老孟解釋道：「據說，當時這兩個傢伙，在樓下的甬道裡，遭到了凶手們從背後的襲擊，因此，連個鬼影也沒有看見。」

「你說凶手們，當然凶手不止一個。他們怎麼知道，凶手不止一個呢？」

「那兩個傢伙，被關起來的時候，曾聽到腳步聲，好像不止一個人。」

魯平點頭說：「不錯，至少有三個。」

矮胖子奇怪地說：「你怎麼知道至少有三個？」

魯平微笑，聳聳肩說：「我不過是瞎猜而已。」又問，「除了以上兩個，當時屋子裡還有誰？」

「沒有了。」矮胖子搖搖頭。

「奇怪。既稱為小公館，應該有個小太太。太太呢？」

「據說，太太本來有一個，那不過是臨時的囤貨而已。」老孟把那支雪茄換了一隻手，「前幾天，臨時太太吃了過多的檸檬酸，跟死者吵架，吵散了。」

「吵架，吵散了？」

老孟連忙解釋道：「那位臨時太太，嫌死者的女朋友太多。」

魯平暗想，那位臨時太太，本來也該列入嫌疑犯的名單，但是現在，看來暫時可以除外了。想的時候他又說：「這個案子，從發生到現在，還不滿一整天。你，怎麼會知道得如此清楚呢？」

矮胖子把那支雪茄，碰碰他的透露紅光的鼻子，傲然地說：「老大，我自有我的門路。」

「真偉大！」魯平向他比著大拇指，一面說：「你說這件案子非常奇怪，依我看，那不過是很平常的凶殺案，並不奇怪呀。」

老孟把雪茄一舉，連忙抗議道：「不不！奇怪的情形，還在後面哩。最奇怪的情形是在那間屋裡。」

「那麼，說說看。」魯平把紙煙掛在嘴角裡，裝作細聽，其實並不想聽。

「死者好像曾和凶手打過架，衣服全被扯破，子彈是從衣服的破洞中打進去的。」

魯平好玩地問：「衣服到底是扯碎的，還是剪碎的？」

「當然是扯碎的。」老孟正色說。

魯平微笑，點頭，噴煙，他聽對方說下去。

「那間會客室，被搗亂得一塌糊塗，椅桌全部翻倒。」

魯平暗想，胡說！

矮胖子自顧自起勁地說：「這件案子的主因，看來是為劫財。死者身上值錢的東西，全數被劫走。還有，室內那個保險箱……」

魯平一聽到保險箱，多少感到有點心痛，連忙阻擋著說：「不必再說房間裡的情形，你說說別的方面吧。」

矮胖子有點不懂，向魯平瞪著眼。但是，停了停，他又說下去道：「那些暴徒，好像是從這宅洋樓後方的一座陽臺上翻越進去的。」

「何以見得？」魯平覺得好笑，故意地問。

「陽臺上的長窗已被撬開，玻璃也被劃破了。手法非常乾淨，看來，像是一個老賊的傑作。」

「不要罵人吧。」魯平趕快阻止。

「為什麼？」矮胖子瞪著眼。

魯平笑笑說：「這個年頭，沒有賊，只有接收者，而接收者是偉大的，你該對他們恭敬點。」

老孟撅起了短髭，搖頭。

魯平看看他的手錶，又問：「還有其他的線索嗎？」

「線索非常多。」矮胖子誇張著。

「說下去。」

「有許多腳印，從陽臺上起，滿布二層樓的各處。老大，你知道的，昨夜下過大雨，那些帶泥的腳印，非常清楚，腳寸相當大。」矮胖子說時，不經意地望望魯平那雙擦得雪亮的紋皮鞋，他說：「腳寸幾乎跟你一樣大。」

「那也許，就是我的腳印哩。」魯平接口說。

老孟以為魯平是在開玩笑，他自顧自說：「在房裡，遺留著大批的紙煙尾，那是一種臭味熏天的土耳其煙，下等人抽的。」

魯平噴著煙，微笑說：「那也像是我的。你知道，我專抽這種下等人所抽的土耳其煙。」

矮胖子望著魯平，只管搖頭。他又自顧自說：「還有，房中的一張沙發上，留著一頂呢帽，帽子裡有三個西文字母——D. D. T。」

魯平說：「哎呀！這是我的帽子呀！」

「你的帽子？」對方撇嘴。

「真的，這是我的帽子。最近，我曾改名為杜大德。我準備給我自己取個外號，叫作殺蟲劑。」

老孟覺得他這位老大，今天專愛開玩笑。他弄不明白，魯平開這無聊的玩笑，究竟有些什麼意思？魯平見他不再發言，立刻閉住兩眼，露出快要入睡的樣子。矮胖子慌忙大聲說：「喂，老大，要不要聽我說下去？」

魯平疲倦地睜眼，說：「嗯，你說線索非常多，是不是？」

「我已經告訴你，第一是腳印。」

「我也已經告訴你，那是我的。」魯平打著哈欠。

「還有，第二是紙煙尾。」

「我也已經告訴你，那也是我的。」

「還有，第三是呢帽。」

「那也是我的。」說到這裡，他突然坐直了身子，沉著臉說，「真的，我並不騙你！」

老孟覺得魯平的話，並不像是開玩笑。他的眼珠不禁閃著光，有點莫名其妙。於是他說：「真的！並不騙我？那麼，那個壞蛋陳妙根，是你殺死的？」

「不！我並沒有殺死這個人。」魯平堅決地搖頭，「你當然知道，我一向不殺人。我犯不著為了一個壞蛋，玷汙我的手。」

老孟用那支無火的雪茄，碰碰他的鼻子，狐疑地說：「你說這件案子裡所留下的許多線索，腳印、煙尾、呢帽，都是你的，但你卻沒有殺死這個壞蛋陳妙根，你是不是這樣說？」

「我正是這樣說。」

「我弄不懂你的話。」

「連我自己也弄不懂！」

矮胖子光著眼，跌進了一團土耳其紙煙所造成的大霧裡。

正在這個時候，壁上的電話鈴，卻急驟地響了起來。

十 第三種報告

電話鈴聲，驅走了魯平的倦容。他趕緊跳到牆邊，抓起聽筒來問：「誰？小韓嗎？」

「是的，Chef。」對方說。

「怎麼樣？」

「嗯……」

「說呀！」

「我真有點慚愧。」聽筒裡送來了抱歉的語聲，「奉你的命令，調查那朵交際花昨夜的蹤跡。我怕我獨自辦不了，特地分派了大隊人馬，一起出動。」

「大隊人馬？誰？」

「我跟我的兄弟，小傻子韓永源，還有，小毛毛郭澤民，大茭白錢考伯，自行車王王介壽。」

「好極，海京伯馬戲全班出動了。」

「Chef，我知道你，要我打探那朵交際花的蹤跡，一定是有些用意的。」

「那當然。」

「因此，分頭出發之前，我曾教導了他們許多『門檻』，以免打草驚蛇，弄壞了你的事。」電話裡這樣說。

「很好，你很用心，不必再宣讀偉大的自白書，請你扼要些說下去。」魯平有點性急。

「奇怪！關於那位黎小姐平時常到的幾個地方，我們用了許多方法，差不多全部查問過，結果是……」

「怎麼樣？」

「那許多地方，除了昨夜你所說的時間裡，她全沒有去過，家裡也不在。這是一種特殊情形哩。真奇怪，昨夜那朵美麗的花，似乎變成了一片不可捉摸的花影，雲影浮動了，花影消失了。」

「哎呀，我的大詩人！」魯平譏笑地說：「你的臺詞真美麗，美麗得像首詩！」

「Chef，你別取笑，我太令你失望了。」

「失望嗎？並不呀。你的答案，正是我的希望哩。」

「什麼？正是你的希望？」

「不錯，我老早就在希望，最好你的答案是，調查不出那朵交際花昨夜的蹤跡來。」

「Chef，別讓我猜啞謎。」

「這並不是啞謎呀。好，我們談談正經事吧。那麼，那位黎小姐，昨夜裡並沒有回到海蓬路二十四號？」

「回去的。據二十四號內的一個女孩子說，她回去得很晚，大約已在兩點鐘以後。」

「她曾告訴人家，她到什麼地方去的嗎？」

「據說，她在一個同學家裡打乒乓。」

「對極了！」魯平說，「打乒乓，乒而又乓，那是在指導人家練習槍靶吧？」

魯平這樣說，對方當然不明他的含意之所在。於是，聽筒裡面傳來了一陣懊喪的聲音說：「算了，Chef，二十四號，我承認我的無能吧。你這譏諷，我受不住！」

「且慢，別掛斷電話。」魯平慌忙阻止，「我再問你，那位黎小姐，今晚有些什麼交際節目，你知道嗎？」

「聽說今晚八點半，她在鬱金香咖啡廳和一個人約會。」

「好極，我的小海狗，你的任務已經完成了。」

拋下了聽筒，魯平高興得在滿室裡打轉。他覺得，從那個保險箱內飛出去的東西，快要飛回他的衣袋了。而且，還有天仙一樣美的女人，可以使他枯燥的眼角抹上點水，這是值得興奮的。

他昂首噴煙，土耳其煙在他眼前幻成了一片粉紅色的霧。

老孟看到他這位老大，高興至此，慌忙問：「這是小韓的電話嗎？什麼事？」

「好像跟你剛才的報告，有點關係哩。」

老孟再度把那支始終未吸的雪茄，吝惜地收進了衣袋。沉默了片晌，最後他說：「剛才你說，昨夜那件案子裡，所留下的煙尾、腳印，都是你的，能不能請你解釋一下？」

魯平站停步伐，拍拍他的肩膀說：「現在用不著解釋，到晚上，我請一位最美麗的女人，用音樂一樣的調子，當面向你解釋。你看好不好？來吧，我的老友，快把精神振作起來！」

當天夜晚，九點多一點，我們這位神祕朋友，換上了一套適合夜間游宴的筆挺西裝，繫上他的紅領帶，他以一個新型紳士的姿態，踏進了白天所說的那家咖啡廳內。背後，那個肥矮的孟興，踏出了華特迪士尼筆下的唐老鴨式的步伐，搖擺地跟進來。

鬱金香，這是一個設備相當豪華的咖啡廳。在這九點多一點的時間，空氣漸呈白熱。朦朧的燈光裡面，照見音樂臺上，那個樂隊的領袖，雙臂一起一落，像隻海鳥展著翅膀，活躍得快要飛。廳內，每個人的杯內，充滿著可口的飲料；每個人的袋內，充滿著剩餘的花紙；每個人的腦內，充滿著模糊的悠閒。這裡，由衣香、鬢影、燈光、樂聲交織成一片五色繽紛的夢。這個時候，整個宇宙以內，似乎除了這一片夢幻的空間之外，其餘都是空白的，沒有其他了。

打蠟的地板上，若干對男女在旋轉；滿場的眼光，也隨著那些旋轉而旋轉。

魯平坐在靠近入口處的一個較僻靜的座位上，半小時的時間，已經消耗在咖啡杯裡。他猛抽著煙，不太說話，原因是，他的主顧——那朵美麗的交際花還沒有來。矮胖子老孟，坐在他的對面，粗肥的手指間，夾著那支從白天直到現在還不曾燃上火的雪茄，說長道短，顯得非常起勁。霓虹燈的藍光，射在他的通紅的鼻尖上，閃成一種奇異的光彩。

有一個服務生，見他高舉著雪茄在指手劃腳，以為他要取火，趕緊拿著火柴走上來預備給他擦上火。他慌忙伸出肥手，阻擋著說：「慢一點。」一面，他向魯平問：「你說你在這裡等一個女人，是不是？」

魯平點點頭。

「那是你的女朋友嗎？」矮胖子追問。

「是的。」魯平隨口回答。

「為什麼還沒有來？」矮胖子有一種可愛的脾氣，一談到女人，馬上就興奮。

「嗯，我怕，」這邊懊喪地說：「我怕我要失戀了。」

矮胖子嘴裡不說心裡在說：「活該！」

這裡的服務生，似乎全跟魯平很熟，並不拘於普通的禮貌。每個人走近他的位子，全都要抽空站下，跟他搭訕一兩句。

這時，那個服務生的領班，含笑走近魯平的身旁說：「杜先生，好久沒有來，近來忙？」

「是的，忙得很。」魯平笑笑說。

「有何貴幹呀？」對方問。

「錄製影片。」魯平信口回答。

「噢，錄製影片。當導演？還是當大明星？」那個服務生的領班，一向知道這位繫著紅領帶的杜先生，專愛說笑話，因此，他也玩笑似地問。

魯平蹺起拇指，碰碰鼻子說：「男主角。」

矮胖子偏過臉去，撇撇嘴。

那個服務生的領班笑著說：「杜先生主演的那部電影，叫什麼名字？女主角美不美？」

「你問女主角嗎？」魯平把背心緊貼在椅背上，搖著頭說：「當然，美極了！不過可惜……」

「可惜什麼？」

「可惜有一個接吻的鏡頭，練習得不好，我想換一個女主角。你能不能設法，給我介紹一位？」

「行！你看在場的人，誰最美？說出來，我給你介紹。」

這位穿制服的傢伙，一面說，一面笑著走開。

音樂臺上的樂聲間歇中，魯平忽見附近幾個位子上的若干視線，全被同一的角度吸引了過去。舉眼看時，有一對男女，女在前，男在後，正以一種磁石吸鐵的姿態，從入口處走進來。

那對男女，恰巧從魯平的位子前劈面掠過。

老孟的一對眼珠，被股萬有引力，吸成了橢圓形。

魯平半閉右眼，用左眼瞅著那個女人，滿眼表示歡迎。同時他又半閉著左眼，用右眼瞅著那個男子，滿眼露出了厭惡。

那名年輕男子，穿著一套米色的秋季裝。一百分的俊秀，加上一百分輕佻氣。女的，真是上帝與成衣匠精心合製的傑作。面貌、身段，百分之百的美。當她像飛燕那樣在群眾身前穿過時，她的全身，像在散射一種光和一種熱，使群眾的眼珠，感到有點發眩。

那名女子穿著一件寬闊的直條旗袍，一條淺藍，間著一條粉紅，鮮豔而又大方。燈光下的年齡，看來至多不過二十多一點。

老孟粗肥的頸項，不禁隨著那雙高跟鞋的方向，倔強地移動。

這時，那個服務生的領班，還沒有走遠，魯平趕快向他招招手。那個服務生的領班立刻回過來，含笑問：「什麼事，杜先生？」

「她是誰？」魯平向這苗條的背影努努嘴。

「咦！你連這朵大名鼎鼎的交際花都不認識？」對方的答案，等於那部百科全書的再版。

「她姓什麼叫什麼？」

「啊，杜先生，趕快起立致敬吧！她就是，最近名震全市的黎小姐，黎亞男。」

「不勝榮幸之至！她是你們的老主顧嗎？」

「不算是。」那個服務生的領班說：「她所結交的都是有錢人。她的蹤跡，常在最豪華的宴會上出現，這裡她是難得光臨的。」

十一　女主角

對方說完，預備要走，但是他又再度旋轉身子，湊近魯平的耳朵問：「你看，她美不美？」

「美極了！」魯平盡力搖著椅背，他的體重似已突然減輕，連那椅子也減輕了分量。老孟又在嚴肅地撇嘴。

那個服務生的領班，看到魯平這種飄飄然的樣子，慌忙問：「讓這位黎小姐，做你的女主角，你覺得怎麼樣？」

「請你代表我去問問她，願意不願意？」

「鄭重點，還是由你自己去問。」

對方說完，笑著走開。

魯平銜著煙，半開著眼，不時把他的目光，用拋物線向這位黎小姐所坐的位子上拋擲過去。那邊距離魯平的位子，不過四張桌子遠。

四周，不時有些飢餓的視線，雨點那樣灑射著那朵花。

那個穿米色西裝的男子，顧盼生輝，滿臉不勝榮幸的神氣。音樂的繁響中，魯平遠遠望見那個男子的兩道眉毛，快要脫離原來的位置而飛躍。對方，兩片抹過唇膏的鮮豔嘴唇，不住在扭動，看來雙方談得很起勁。可是聲音太吵，距離太遠，當然沒法聽出，他們談的是什麼。

魯平很注意那朵交際花的紅唇。

他對抹口紅的女人絕無好感。他認為，世間最美的，該是天然的。美由人工裝點，那就流於下劣。而今天，他的成見有點改變了。他覺得，這兩片人造的櫻桃，裝飾在這樣一張美得眩人的臉上，那也並不太壞。

因這抹紅嘴，使他想起了那三支沾染紅色的紙煙。他在想，無疑地，那些紋盤牌的煙尾，正是這位黎小姐所遺留的。據韓小偉說，這位黎小姐的煙癮相當大；但是截至目前為止，他還沒有見她抽過煙，顯見小韓的報告，多少有點不實在。

思慮之間，他見那朵交際花在向那個米色西裝的男子揮手，好像在催促他走。

那名男子從座位上站了起來，燃上了一支煙。他以親密的態度，把那支吸過的紙煙，向那位小姐遞過去。對方皺皺纖眉，並不接受這盛意。但，她卻從手提包裡取出了一支煙，燃上火，悠然地抽起來。

她流波四射，顧盼飛揚。

那支紙煙斜掛在她鮮紅的嘴角。這種銜煙的樣子，十足顯示她的個性與浪漫。魯平是個相當頑固的人。在平時，若看到一個普通女子以這樣的姿態銜煙，他會表示十分的厭惡。而現在，他因這個女子長得很美，連帶使他覺得，她的銜煙姿態也相當美。他想表示厭惡，但是厭惡不起來。

一面他又想起，那夜，當他離去那宅洋樓之前，曾在臥室內偷到了兩支口紅。今天早上，他曾有過一次精采表現，他把鮮紅的唇膏，親自抹滿了自己的嘴唇，然後，他用各種不同的樣子，銜著紙煙，以試驗那些痕跡，最後他把紙煙銜在嘴邊，獲得了跟這絞盤牌煙尾相同的痕跡。可知那些煙尾，正是由這種銜的方式印成的。又可知那些煙尾，的確是眼前這位小姐所留下的。

現在，他差不多像親眼看見，這朵交際花，昨夜的確在那間房中的方桌，坐定一時，這毫無疑義了。

這時，那名穿米色西裝的男子，離開了他的座位，正踏著輕快的步伐，再度從魯平身前走過來。

魯平仰面噴著煙，土耳其紙煙的煙霧裡，他在盡力運用著腦細胞。他繼續想，還有兩枚沾口紅的煙尾，抽得非常短。一個漂亮女人是絕不會把紙煙抽到如此之短的。唯一的解釋是那兩支煙，先經一個女子抽剩了半支，然後再把抽剩的半支，遞給了另外一個人，由第二人繼續把它吸完。因此，煙尾才會抽得這麼短。是的，一個個性浪漫的女人，可能會有這樣的表演。

那麼，這個走過去穿米色西裝的男子，會不會就是昨晚坐在那張輕便沙發上的傢伙呢？

關於這一點，當然他還無法確定。但是，他認為這一點，並不十分重要。他有一種模糊的感覺，曾經假定那個坐在輕便沙發上的人，只處於配角的地位，不必急於加以注意。比較重要的，是那名使用Luger的傢伙。昨夜，那個傢伙曾經站立在這朵交際花的左方，用很大膽的方式，向死者開了一槍。那個人才是值得注意的。

他曾經推測，這一個業餘的劊子手，線條相當粗，身材大概很魁梧。

何以見得呢？

理由是，昨夜他曾把方桌上剪斷的電鈴鈕，拿起來看一看，這個電鈴鈕上連著一段電線。電鈴鈕原來的地方，下垂在方桌的居中，假使那個剪電線的人，他是站在方桌邊上而把這電線抓過來剪斷的，那麼，從這剪斷的電線上，可以估計他的個子相當高，至少該在一百八十公分左右。

而現在，這個穿米色西裝的標準美男子個子卻還不夠高，這是一點。還有一點，這種德國出品的軍用 Luger 槍，後座力非常大。因此，使用這種槍的人，需要相當的手勁與力量，否則，開槍之際，會使開槍的人自己出醜。

這名帶點女性化的標準美男子，多方面看來，不像會用這種槍。

思慮之頃，他用輕鄙的眼色，目送這個男子的背影，看他走出出入口。他對這個人的注意，好像暫時放棄了。

魯平把視線收回，飄到那朵交際花的位子上。

現在，那張桌子上只剩下她單獨一人，神氣顯得很焦灼。

魯平想，她的時間該是相當寶貴的，她絕不會無故獨坐在這個地點，讓絢爛的光陰輕輕溜走。不錯，小韓說過的，她有約一個人，她在等待，趁這空隙，自己可以過去，輕輕地，喚她一聲黎小姐，跟她談談有關於戀愛的一些問題，這樣，她等人的寂寞可以消除點。順便，自己也可以跟她討論討論生意經。

他想弄清楚：

在那個保險箱內，她到底搬走了什麼？

這樣美的她，是否真是那件槍殺案的凶手？

假使是，她又為什麼要殺死那個壞蛋陳妙根？

看樣子，她殺人的目的，絕不會專在那個保險箱上。

無論如何，只要運用舌尖，就可以把各種祕密鉤出來。

來吧，別錯過機會！

十二　一張紙片

樂聲，像是瀑布那樣傾瀉。

整個咖啡廳中的空氣，愈來愈白熱。

燈光一明一滅，映射著這女子的一顰一笑，顯出了多角度的誘人之美。

那張光榮的桌子前，不時有人走來，跟她打招呼。顯見她所認識的人，的確相當多。

老孟有點目不轉睛。

魯平面前，噴滿了土耳其煙的濃霧。他的視線，似乎被拉住在固定的角度上，不再想移動。他半閉著眼，正在找尋一個最適當的進攻路線。

老孟夾著那支注定永不火葬的雪茄，望著這位好色的老大，心裡在想：你這傢伙，終有一天大量吞服家用清潔劑。哼，終有一天！

這時，那個服務生領班，在別處兜繞了一個圈子，又在魯平位子邊上站下來。他跟這位紅領帶的顧客，似乎特別有緣。

魯平向那個紅藍間色的倩影努努嘴，不經意地問：「她會不會跳舞？」

「那還用問嗎？」那個服務生聳聳肩膀。

「她會不會接吻？」

對方笑了起來。

「我曾告訴你，我的電影中，有一個鏡頭，需要一位最美麗的小姐跟我接吻。」魯平繼續搖著椅背，在音樂聲中放大了嗓子說：「請你去問問她，願不願意錄製這個鏡頭？」

「我已經說過，還是由你自己去問，哈哈哈。」

魯平驀地坐直身子，睜大了眼珠正經地說：「真的，並不是開玩笑，今夜我非跟她接吻不可！」

哈哈哈！對方預備走開。

老孟是個熟知魯平性情的人。一看表情，就覺得魯平的話，絕對不像是開玩笑。於是，他也圓睜著眼，懷疑這位老大，突然發了神經！

只見魯平正色向這服務生領班說：「你不願意代我傳話，那麼，請你遞張字條，這你不會反對吧？」

他並不等待對方的允許，馬上掏出了自來水筆跟日記冊，在日記冊上撕下了一頁。

一手遮著那張紙片，匆匆寫起來。

他在那張紙片上，大約寫了三句話，大約寫了二十個字。把它折成很小，塞在那個服務生領班的手內。

「你認識她？」對方滿面狐疑。

「不認識！」魯平堅決地搖頭。

「不認識？你讓我遞這紙條給她？」

「你不用管，一切由我負責！」

那領班想，假使真的不認識，料想這位杜先生是不會開這惡劣的玩笑，於是便收下這紙條。他想展開來看一看，上面寫著些什麼話？魯平趕快阻止：「你不能看！」

他揮著手，催促這個臨時郵差趕快遞信。

老孟鮮紅的鼻子掀動起來，眼珠瞪得特別圓。

這時，那名女子的桌子前恰巧沒有人。她正取出小鏡，掠著她的鬢髮。單這一個掠鬢髮的姿勢，足夠驅使那些神經不太堅強的人們在午夜夢醒的時節再添上一個夢。

他們眼望著這服務生領班，匆匆走過去，把紙片遞進了這女子手內。

在這一瞬之間，魯平在這女子的臉上，看到了三種不同的變化。

那對晶瑩的眼珠，隨著領班的指示，流星一樣向這邊的座位上飄過來。她滿面露著詫異。她低下頭，展開這張紙片，立刻，她的眼角閃出了一種意料之外的震驚，彷彿她在那張紙片中，看到了一隻小蠍子！但這震驚，並沒有在她臉上持續很久，瞬息之間，她已恢復平靜。她重新低頭，重新看這紙片。她聳肩，耳邊的秀髮因而顫動。她突然抬頭，臉的側影上露著一絲笑，笑得真妖媚，但神情卻是嚴冷的。

憑著魯平過去的經歷，一看這種笑，就知道這名女子，是很不容易對付的。

在這時候起，魯平心裡，已提起了一種小限度的戒備。

這時，老孟不時伸著肥手，撫摸著那張橘皮臉，最後他用雙手托住臉，撐在桌面上，採取著掩護的姿勢。

那名女子向領班嚶嚶地說話。

音樂在急奏。

這邊當然聽不出這女子說的是什麼。

服務生領班回來。

矮胖子心裡在想，炸彈來了！

魯平冷靜地問：「怎麼樣？」

服務生的領班說：「黎小姐說，這邊有人，談話不便，能不能請你到那邊去談談？」

「好，談談，就談談吧。」魯平丟掉煙尾，一手撩開上裝插在褲袋裡，從位子上站起來。他向老孟以目示意，意思好像說，你看，我的魔術如何？

他又輕吹著口哨。

矮胖子向那名服務生領班瞪圓著眼珠質問：「為什麼不請她到這裡來談？」

魯平臨走，他像想起了什麼，他向矮胖子低聲吩咐：「你坐一會，不要走，也許我還需要你。」

老孟勉強點頭，心裡在想：「沒有人的時候需要我，有了美麗的談話對象，難道你還需要我？好吧，等你一百年，等你來付咖啡帳。」

他的短髭撅得非常高，看來可以掛上三大瓶威士忌。

十三　賭博的開始

魯平把雙手插在褲袋裡，他故意繞道，從那些桌子的空隙中走過來，步伐走得並不快。一面，他在密切注意這個女子的神色。

只見這女子，把那張小紙片，一下、兩下、三下，扯成了粉碎，扯作一團隨手拋進了桌上的煙灰缸。繼而纖眉一皺，似乎認為不妥。她再把那個小紙團重新撿起來，放進了手提夾。順便，她也收拾她的小鏡子，取出精緻的煙盒，放在桌子上。這些小動作，顯示她的鎮靜。但是眉宇之間，分明透露出一種沉思的神氣，可見她的腦細胞，正忙碌得厲害。

她略一抬眼，卻見魯平高大的身影，已經直立在她身畔。

她親自起身，拉開一張椅子。在她的對面，原有一張拉開的椅子，那是那名穿米色西裝的男子所坐的。現在她所拉的，卻是側首的一張，距離較近，談話較便，並且，坐在這個位子上更可以顯示友誼的密切。

最初的印象就很好。魯平在想，看樣子，談話可以順利進行，生意是有成交的希望的。

但是，魯平絕不因見面時的印象太好，就放棄了他隨身攜帶的一顆細心。他曾注意到，在這移開椅子的一瞬之間，對方那雙有魅力的黑眼珠，曾在自己身上，著意地停留過一下。目光凝視之處，好像是在他的胸際與耳邊。

嗯，她是在注意自己的領帶，或者別的什麼嗎？好，要注意，就注意吧。

思慮之頃，只見這位黎小姐，大方地擺擺手，輕輕地向他說：「請坐。」

魯平有禮貌地鞠躬，道謝，順便他把那張椅子移得更近些，扯一扯褲管坐下來。

現在，那套筆挺的西裝，跟那件旗袍間的距離，已經不到一尺寬。

四張桌子之外，那個被遺棄的孤單的矮胖子，圓睜著眼，正向他們淒涼地注視著。

音樂急奏聲中，這女子向魯平發問：「請問，先生是……」嗓子很甜，一口本地話，帶點北方音調，非常悅耳。

「賤姓杜，杜大德。」魯平趕快自我介紹。報名之際，他以不經意的樣子拉扯著衣襟，順便，他露出扣在衣襟之內的一枚徽章。那是一枚戒殺護生會的會章，跟警員的徽章，圖案樣式，粗看略略有一點像。

這女子的睫毛一閃，似笑非笑。

魯平的目光飄到桌面上，他看到的第一件東西是紙煙盒。他想，盒子裡所裝的，是不是跟昨夜相同的紙煙？

他立刻在一旁煙灰缸裡面找到這個問題的答案，煙灰缸裡，遺留著大半支殘煙，沾染著鮮豔的口紅的絞盤牌。

不錯，這位小姐，好像有一種高貴的習慣，抽紙煙，老是只抽小半支。

他再注意這名女子的纖指，並不留半點抽煙的痕跡，他想，這是只抽半支煙的好處吧？

由於注意她的手指，他的視線，在這女子身上開始了高速度的旅行，由手指看到手腕，而臂，而肩，而頸，視線的旅行，最後停留在對方的臉上。

他以美術家的目光欣賞著這幅畫。

方才是遠觀，現在是近賞。遠看，並無缺點；近看，沒有敗筆。菱形的嘴，薄薄的兩片，顯示很會說話。眉毛是天然的。魯平一向最討厭那些剃掉眉毛而又畫上眉毛的女子，剃掉彎的，畫上直的，剃掉直的，畫上彎的，像是畫稿上留著未抹盡的鉛筆痕，多難看！這個女子，卻沒有這種醜態。她的左眉尖有一枚小疤，若隱若現，左頰有一顆黑痣，淡淡的一小點。

她最美的姿態是在流波四射的時候。當那對黑寶石，對你含笑時，你的心坎，會有一種溫意，那是初春季節睡在鵝絨被內半睡半醒時的飄飄然溫意。但是當他沉思之頃，她的臉上彷彿堆著高峰的積雪，只剩下了莊嚴，不再留著妖媚。

一股幽蘭似的氣息，在魯平的鼻尖飄逸。

魯平恣意欣賞著那顆淡淡的小黑痣。他自己耳上，也有鮮紅的一點，因此，他最喜歡臉上有痣的女人。

至少在眼前，他已忘卻昨夜那具屍體胸前所留下的那個可怕的槍洞；他已不復憶念，那個保險箱內，究竟藏著些什麼？

我們的英雄把生活問題忘掉了！

矮胖子在老遠撇嘴。

世上有一種精於賭博的賭徒，外表聲色不露，他們最喜歡先看對手的牌。眼前這位黎亞男小姐，正是這種精於賭博的賭徒之一。因此，她在招呼魯平坐下之後，悄然不發一言，她在等待魯平先發第一張牌。

她覺得對方那種看人的方式，太露骨，討厭！

她被看得有點惱了。她把紙煙盒子拿起來，輕輕叩著玻璃桌面，嚴冷地說：

「喂！Mister——」她好像沒有記清楚魯平所報的姓名。

「杜。」他趕快接上。

「噢，Mister杜。」這女子的嘴角掛著冷笑。

「你紙條上寫的話，我覺得很奇怪！」

「奇怪的事情，是會漸變成平淡的，只要慢慢來。」魯平閒閒應付。他見對方拿著紙煙盒，卻沒有取出絞盤牌來遞給他。這是一種不敬，他有點傷感。

對方繼續說：「先生，看你的外表，很像一個紳士，但你的行動，卻非常無理。」

「小姐，請妳記住，現在的所謂紳士，大半都非常無理。這是一個可貴的教訓哩！」

魯平堅守著壁壘，並不準備讓步。

這女子一絲媚笑沖淡了些臉上的冷氣，她說：「照理，你的態度如此無理，換了別人，我一定不搭理。但是我對你這個人，一見面，就一分歡喜，因此，對你不妨容忍點。」

一種有甜味的什麼流汁開始澆灌過來。

魯平伸手摸摸胸部，他想起了昨夜那具屍體，那可憐的左肺，大概就為了歡喜一下而漏掉了氣！他心裡想，好吧，歡喜我，只有一分，能不能請你增加些？我的小心肝，多謝你！

正想著，他見對方收起了笑容說：「先生，紙片上的話，出入太大，你是否準備負責？你有沒有證據？」

「證據？」魯平用凶銳的目光盯住了她，「一千件以上！」

「就算有證據，」這女子也絕不示弱，「請問，你憑什麼立場，可以干涉這件事？先生，你是警員嗎？」

魯平望著那張美而鎮靜的臉，心裡在想，不出所料，果然厲害！他把衣襟一張一合，再度把那枚警務徽章的代用品，迅速地露了露。他說：「妳猜對了，小姐！」他認為，一個在昨夜沾染過血腥的女子，心理上多少帶著虛怯，那是可以用這種小魔術把她嚇倒的。

但是，他錯了，完全錯了。

格格格格！這女子忽然大笑。全身紅藍的條子在發顫，甜脆的笑聲，跟那音樂成了合奏。

魯平發窘地問：「小姐，妳笑什麼？」

對方收住笑，撇嘴而又聳肩。「想不到像你這樣的人，也會沾染上那些小流氓們的惡習，冒充討厭的警員！」紅嘴又一撇。「就算你是真的警員，你也得把事情弄弄清楚，再說話。」

真難堪！一隻由彩紙竹片撐起的老虎，未出籠，就被碰破了鼻子。在剎那之間，我們這位紅領帶的英雄，兩枚發直的眼球，幾乎擠進了一個眶子裡！

世上原有許多可敬佩的人物，例如：那些握權的官員，在老百姓面前玩著種種鬼把戲，結果，某一個鬼把戲被戳穿之後，群眾對他們大笑，他們卻能臉不紅，氣不喘，照舊振振有詞，若無其事，原因是，他們的臉，是經過修煉而有道行的。這是一種偉大！

而我們這位英雄則不然。

可憐，他因為沒有做過大官，他的顏面組織，缺少這種密度。因此，當這女子戳穿了他冒充警員的把戲時，他的兩頰，立刻在燈光之下，有點變色。

還好，他這發窘的醜態，老遠的那矮胖子，並沒有注意。老孟還以為，魯平跟這女子，像一對愛侶一樣，談得很甜蜜，卻不知他這位老大，已經被一枚橡皮釘子碰腫了臉，他在受難哩。

那位黎小姐，似乎並不準備給魯平過度的難堪。因此，她在魯平發窘的瞬間，乘機開了煙盒，取出一支煙，先給自己燃上火，懸掛在嘴邊。

順便，她也賞賜了魯平一支，讓他透透氣。

紙煙霧在飄，會談的空氣，比較緩和了些。

當這女子把火柴盤輕輕推向魯平身前時，那對黑眼珠輕輕一轉。她的談話，變更了路線，她說：「假使先生並不堅持你這警員的面目，憑我們的友誼，一切是可以談談的。」

魯平燃上了那支絞盤牌，噴了一口煙。他有點惱怒，心裡在起誓：任憑妳凶，今夜，無論如何，我絕不會放過妳！

只聽對方又說：「請問，你的來意如何呢？」

魯平心裡想：小姐，妳肯動問來意，事情就好商量了。

他像剛才那樣搖著椅背，閒閒地說：「醫生告訴我，近來，我的身體不太好，需要進服點肝膏製劑，那才好。」

「嗯，肝膏製劑。」這女子微笑說：「醫生的話，那是說，你的身上，缺少了點血。你需要點血，是不是？」

「小姐，妳真聰明！」魯平有禮貌地點點頭。

「先生，只要說明病情，治療的方法不怕沒有！」這女子冷酷地說：「我最恨世上有一種人，滿臉掛上了廉潔的招牌，結果，伸出第三隻手來比棕櫚樹葉大上好幾倍！他們處處想吸血，而又處處不承認想吸血。這種專以敲詐為生的人，沒有一絲羞惡的心，簡直不如畜生！先生，你卻跟他們不同。我很欽佩你的坦白。」

「承蒙稱讚！」魯平在苦笑。

當這女子發表她的偉論時，夾紙煙的那隻手，不停地指劃作勢。她的手指上，套著一枚鑽戒，那顆鑽石相當大，至少該有三百分重。燈光之下，像一灘活水，瀲灩而又瀲灩，瀲灩得耀眼。魯平今晚，他在接連收到幾顆棉花炸彈之後，他的生意胃口，似乎已經縮得非常之小。他暗忖，假使對方能夠知趣些，自願把這一枚小小紀念品，從她纖指上輕輕脫下，像訂婚指環那樣套上他的手指，那麼，看在她的美貌的份上，他可以原諒她參與凶殺行動，不再追究公園路上的那件槍殺案。

他自以為他的生意標準，已經定得非常之廉價。

然而事實的演變，卻沒有如此簡單哩！

思緒之間，只見對方似笑非笑地說：「先生需要血，你得讓我看看，手裡有些什麼牌。」

「那當然！我想贏錢，手裡當然有牌！」魯平跟她針鋒相對。

這女子躲過了魯平凶銳的視線，低垂著睫毛，像在沉思，像在考慮。

音樂聲打擾著雙方的沉默。

四圍的視線，不時在注視這張桌子，其中包括著四張桌子之外的那雙淒涼的饞眼。

這女子思索了一下而後抬眼說：「這裡人多，談話不便。先生，你願不願意跟我走？」

「一定奉陪。」

「不過，」這女子略一沉吟，「等一等還有人到這裡來找我。」

「是不是剛才那位青年紳士，穿米色西裝的。」

對方略略頷首，不像說是，也不像說不是。

「他叫什麼？」他不很著意地問。

「嗯，他嗎？他叫——他姓白。」這個名字似乎非常難記，因而需要耗費相當大的氣力才能說出來。

「白什麼？」他追問一句。

「白顯華。」從這不穩定的語氣裡，可以聽出她所說的這個名字，有點靠不住。

對於魯平，這是一種小小的心理測驗。他這測驗的方式是，假使對方在被問的時候，能把那個穿米色西裝的傢伙的名字，衝口說出，那麼，這可以顯示那個人，跟昨夜的事件，大致是無關的。反之，對方的答語，倘若不大爽利，那就可以見到這個人，多少是有點嫌疑的。

現在，魯平憑著種種理由，他可以相信，這個所謂白顯華，可能正是昨夜跟陳妙根談過話的三位貴賓之一。

「昨夜裡，比這個時間略晚一點，這位白先生，可曾到過公園路三十二號？」他突然向這女子，輕輕揭出了第一張牌。

對方望望四周而後怒視著魯平。那對黑寶石，幾乎成了三角形，它沒有發聲。

「昨夜他的座位，是不是就在那張沙發上，斜對著方桌的角？」他看準了對方的弱點，再把第二張牌有力地投過去。

這女子的眼角，顯示出駭異，也顯示著欽佩。那對黑寶石在魯平的紅領帶上停留了片刻而後說：「先生，你好像很有幾張大牌，我很佩服你的能耐！」

「小姐，我也佩服妳的坦白。妳很懂得紙包不住火這句名言。」

「我得打個電話給這個姓白的，告訴他不必再等。」這女子從椅子裡婀娜地站了起來。

「我也奉陪！」魯平隨之而站起。

「噢，監視我？」

「不敢！」

「現在，我是被征服者，而你，則是堂堂的征服者，對不對？」

她抿嘴一笑，笑得很冷。

「小姐，言重了！我，並不是重慶人！」魯平有禮貌地向她鞠躬。

他陪伴著她，在輕倩的音樂聲裡踏著輕倩的步伐，走向電話室。現在，那套秋季裝，與紅藍間色的條子之間，已不再存在著距離。

一陣幽蘭的香氣，在魯平原來的位子前輕輕掠過。

那枚紅蘿蔔形的鼻子，張得厲害。

矮胖子嫉妒地望望魯平；魯平得意地望望這矮胖子。

十四　金魚皮高跟鞋

成雙的影子，擠進了電話亭。裡面並沒有人。

魯平搶先一步，抓起了電話聽筒，含笑說：「我給你代打，是不是撥25132？」

「不是的。」這女子迅速地溜了魯平一眼。她把電話聽筒，輕輕從魯平手裡奪過去。「先生，不必費心，我自己來打。」

她以非常快捷的手法，撥了一個號碼。魯平只看出第一個數目是「3」，末一個數目是「0」。

電話接通了。這女子握著聽筒說：「顯華嗎？我是亞男，我在鬱金香。」

魯平撇撇嘴，心裡在想，嗯，一個謊話，假使這個電話真的打給那個所謂姓白的，何必再說明鬱金香？

只聽這女子繼續說：「我遇見了我的愛人了。他真愛我，他纏住了我，準備跟我談上三晝夜的情話哩。」

這女子向著電話筒笑得非常嫵媚，聽語氣，也是玩笑的語氣。但是，眼角間所透露的一絲嚴冷，顯示她的心裡，正非常緊張。

魯平估計，這女子也許是跟對方的人在通消息。他想，按照中國的語法，有時會把愛人加上「冤家」、「對頭」之類的稱呼，那麼，她的話，可能解釋為——「我在鬱金香，遇見了我的冤家了。」

他在一旁用心聽下去。

只聽這女子又說：「我的那雙金魚皮高跟鞋，太緊，穿著不適意，你能不能順便為我換一雙嗎？」

魯平在想，廢話！在眼前這樣的局勢之下，難道還有這樣的好心情，談起什麼高跟鞋與低跟鞋？而且，所謂金魚皮高跟鞋，過去，只有豪華的巴黎，才有這種東西，在上海，好像並不曾有過哩。

那麼，這句話的真正的含義何在呢？

他的腦細胞在飛速地旋轉。

他想起，下層社會的流行語，稱事態嚴重為「風緊」，風緊的另一隱語，稱為「蛇皮緊」。由此可以推知，這女子所說的「金魚皮」鞋太「緊」，或許就是代表「蛇皮緊」三個字，簡單些說，她是在報告對方，事態很嚴重。

這女子又說：「這裡的空氣太壞，至多，我在五分鐘內就要走。」

魯平想，她是在向對方呼援吧？她是不是在督促她的後援，在五分鐘的短時間內趕到這裡來？他想起這女子所撥的電話號碼，是「3」字打頭，一個西區的電話。而這鬱金香的地點，也正是在西區。假使自己猜測得不錯的話，那個通話的傢伙，距離這裡一定相當近，可能在五分鐘內趕到的。

他靜默地點頭，用心地聽。

這女子最後說：「抱歉，我不等你了。你要出去玩，多帶點鈔票。嗯，好，明天見。喂，別忘記鈔票呀！」

又是廢話，要玩，當然要帶鈔票的，那還用得著鄭重關照嗎？

由於這女子接連提到鈔票，使魯平意會到這兩個字的可能解釋。過去，上海的市井流行語，把「銅板」兩字，當作錢的代名詞，以後又把「鈔票」兩字，當作錢的統稱。另一方面，在下層社會中有一種隱語，把銅板兩字暗指手槍，銅板是動扳的諧音，寓有一「動」就「扳」的意思。那麼，這女子現在所說的「鈔票」，可能是指那種特別的「銅板」而言。換句話說，她是通知她的後援者，須攜帶手槍！

他冷笑地想，鈔票，是不是指昨夜打過靶的那支Luger槍？好極了！這是德國貨的軍用馬克呀！那麼，眼前跟她通話的這個人，會不會就是昨夜的業餘劊子手？

嗯，極有可能！

沉吟之際，他見那個女子拋下了聽筒，含笑向他擺擺手說：「我的電話打完了，請吧，先生。」

十四　金魚皮高跟鞋

十五 血濺鬱金香

魯平竭盡伺候小姐們的謙恭之事。他搶先拉開電話亭的門，讓這位小姐先「請」。走出電話亭，兩人臉上，各自帶著一絲笑；兩人的心頭，各自藏著一把刀！

魯平想，假使自己對於這位小姐在電話中所說的話，並沒有猜錯，那麼，等一等，也許還有好戲可看。好吧，全武行！

打架，魯平並不怕。魯平生平，有很多種高貴的嗜好，例如，管閒事、說謊、偷東西之類，而打架，也是其中之一。他一向把打架認為「強度的伸懶腰」，遇到沒有精神的時候，找場不相干的架來打打，可以提神活血，其功效跟 morning exercise 差不多。

但是今天則不然。因為，魚兒剛出水，不免有點滑膩膩，為了顧打架而從指縫裡面滑走了那條美麗的魚，那可犯不著。這是需要考慮的。

兩人往原位走回來。

那股幽蘭似的香氣，再度在矮胖子的赤鼻尖飄過。那套秋季裝跟那紅藍間色的條子越擠越緊。老孟看到他這位可愛的老大，不時俯下臉，跟這女子唧唧喳喳，鼻尖幾乎碰到了那顆小黑痣。他想起，魯平曾說過，今晚，非跟這朵交際花接吻不可。看來，事實將要勝於雄辯了。

他把那支名貴的雪茄，湊近鼻子，嗅嗅。他不知道魯平今晚，又在玩著何等的鬼把戲？他似乎有點妒忌。假使他能知道，他這位老大，今晚正跟一個最危險的女人在鬥智的話，無疑的，他無謂的妒忌，將變為極度的擔心了。

可惜他一無所知。

關於這一點，甚至連魯平自己，也還沒有完全明白。

魯平陪伴著這位黎小姐，回到了黎小姐的位子上，他並沒有再坐下。他招呼著服務生，付掉了兩張桌子上的帳。要做生意，當然，他必須慷慨點。然後，他向這位黎小姐溫柔地問道：「怎麼樣？我們走吧？」

「很好，走吧！」這女子開始把紙煙盒子藏進了手提夾，繼而重新打手提夾內取出來，開了煙盒，拿出兩支煙，一支給自己，一支遞給魯平，她給自己擦上火，又給魯平擦上火。每一個動作，顯示著不經意的滯緩。

魯平心裡冷笑，想著：我的小愛人，妳這種耽擱時間的方法，很不夠藝術哩！

這時，音樂臺上的一位女歌手，正在麥克風前唱著一首「王昭君」的歌曲，嗓子很脆，音調相當淒涼。

這女子有意無意扭轉了頸子，望著音樂臺，她說：「我很喜歡這首歌，我喜歡這首歌特殊的情調。」

「那麼，」魯平趕緊接口，「我們不妨聽完了這首歌再走。好在，我們並沒有急事，我們有的是暢談的時間。」

對方似笑非笑，似點頭非點頭，不說好，也不說不好。可是，她終於夾著那支絞盤牌，又往椅子輕輕坐下。

魯平暗暗好笑。他覺得在電話亭內的種種推測，看樣子是近乎證實了。他想，小姐，妳該明白些，這是我的一種恩惠，賞賜妳五分鐘！五分鐘之後，說不定就在這間咖啡廳門口，會有一場西班牙式的鬥牛話劇可供欣賞。很好，今晚真熱鬧！

他偷眼溜著他這位奇怪的臨時伴侶，忽而喃喃自語似的說：「嗨，真可憐。」

「什麼可憐？」對方抬起了那對黑寶石。

「我說那位 Miss 真可憐。」

「哪位 Miss？誰？」

「Miss 王嬙，王昭君。」

「這是什麼意思？」

「她被迫出塞，走著她不願走的路，這也是人生的一個小小悲劇呀！」

這女子丟掉了那支剛吸過一兩口的紙煙，怒視著魯平，冷然說：「先生，你錯了！你須弄清楚，這位小姐，她真的是無條件的屈服嗎？」

「黎小姐，妳說得對。」魯平微微向她鞠躬。他把紙煙塞進嘴角，雙手插在褲袋裡，旋轉著一隻腳的鞋跟，抱歉地說，「對不起，我打擾了妳聽歌的雅興了。」

嘴裡這樣說，心裡他在想，小姐，我很知道，妳自以為妳的手裡，有一副同花順的牌，將在這間咖啡廳門口，或者其他地方，向我臉上擲過來。當然，在競賽之前，妳是絕不承認屈服的，對不對？

由於想起了對方手內的牌，這使魯平覺得，自己若一無準備，那也不大好，偷機，當然是不行的。於是他又說：「黎小姐，妳有興致，不妨再寬坐片刻，多聽一兩首歌。我跟我的朋友說句話。」

這邊頷首，表示滿意。魯平知道她是必然會表示滿意的。多等些時候，那支 Luger 槍的定貨，準時進口，不成問題。

那雙漆黑的眼珠，目送著魯平高大的背影，走向那個矮胖子的身畔。

魯平在老孟身旁坐下，老孟慌忙問：「老大，你跟你的美貌女主角，談得怎麼樣？」

「印象極佳。」魯平隨口說。

「她願不願意跟你合攝那個名貴的鏡頭？」矮胖子把譏刺掛在他的短髭上。

「當然！我們準備合攝一張美國西部式的電影。」

「片名叫什麼？」矮胖子還以為他這位老大是在開玩笑。

「血濺鬱金香！」

「哎呀，一個駭人的名字！」矮胖子故意吐吐舌頭，把眼光投送到了四張桌子以外。

魯平怕他再囉嗦，趕快說：「你可知道，那隻黑鳥住在哪裡？」

「不遠，就在一條馬路之外。」

「把他喊到這裡來，需要多少時候？」

「至多三四分鐘吧。」

魯平想，好極，三四分鐘，而對方是在五分鐘內外，也許，選手們的賽跑，可以在同一時間到達終點。於是他說：「那麼，給你一個重要任務，趕快去把那隻黑鳥放出來，趕快！讓他守候在這裡的門口，注意我手裡紙煙的暗號，藉機行事。」

「為什麼……」

「不要問理由！」

說時，魯平已經匆匆站起來。他拍拍這個矮胖子的肥肩，又匆匆吩咐：「馬上就走！老鴨子，走出去時從容點。出了門口，撲撲你的鴨翅膀，莫再遲疑。」

對方望望魯平的臉色，就知道他這位老大，並不是在開玩笑。

「OK！」肥矮的軀體，從椅子上站起。為了表示從容，他把雪茄插回衣袋，左右開弓，伸了個懶腰，然後揮揮肥手，移步向外。

一出鬱金香，他的鴨翅膀果然撲起來。球形的身軀像在滾，彷彿被李惠堂踢了一腳。他走得真快，比蝸牛快得多。

這裡，魯平已經回到了那張溫暖的位子上，只見他的那位臨時女主角，一手支頤，默坐在那裡，好像很寬懷，魯平因為已經放出了那隻黑色怪鳥，不愁打架的時候會滑走指縫裡的魚，他也覺得很寬懷。

所謂黑鳥，那是魯平口袋裡的一個精采人物。那個傢伙的綽號，被稱為「黑色的大鵬」，簡稱為「黑鵬」，而魯平則順口把他喚作黑鳥、黑鬼或者黑貨。這個黑傢伙，沒有人知道他真正的姓名，也沒有人知道他真正的來歷。據他自己告訴別人，他是一位華僑富商的兒子，而有人則說，他是出生於爪哇的一個私生子。他真黑，照鏡子的時候，鏡面上好像潑翻了黑墨水！他還逢人廣播：每個女人一見他，不出五分鐘外就會愛上他。他有點顧影自憐。

這個黑色的東西，生平只有兩種愛好：一種是女人，一種是打架。他愛好女人等於牧師愛好耶穌；愛好打架等於孩子愛好糖果，但是，牧師愛好耶穌或許並不真，而孩子愛好糖果卻是毫無疑義的，因此也可以說，他對打架，比之女人更愛好。

想起了這隻黑鳥，魯平臉上，忍不住浮上了一絲笑。

「你笑什麼？」這女子問。

「我嗎？」魯平衝口說，「我笑我的眼前，像有一片黑。」

「一片黑？」這女子當然不懂。

「我說錯了。」魯平把十足的色情掛在臉上。「我說的是一小點黑，妳臉上可愛的小黑痣。親愛的，我們準備什麼時候走？」

這女子心裡想，朋友，你的稱呼真親熱！這個世界上，有的是味，甜、酸、苦、辣，最先是甜，而最後則是辣，趁這可以甜的時候不妨盡量甜。

她輕彎著白得膩眼的手臂，看看手錶。

魯平心裡想，不用多看，差不多了。

音樂臺上，那首王昭君的歌曲已經唱完，另一首歌正要開始。這女子在音樂聲中伸著懶腰站起來，軟綿綿地說：「好，我們走。」

魯平高大的身軀，貼近這頭小鳥，領略著她的髮香，一面輕輕說：「親愛的，妳應該挽我的手臂。」

這女子仰飛了一個冷靜的媚眼，心裡說：好吧，我就挽你的手臂，請勿後悔！

兩人走到衣帽間前，各自掏出了一塊小銅片，魯平取回了帽子。這位小姐取回了她的一件最新式的短外褂，讓魯平替她穿上。魯平看看自己的錶，從電話亭走出，到目前為止，合計已經消耗了兩個五分鐘，夠了，大概很夠了。

兩人挽著手臂，腳步滯留在咖啡室的階石上。魯平故意更湊近些那顆迷人的小黑痣，柔聲問：「我們到哪裡去談？」

「挑清靜些的地方，好嗎？」這女子也故意把臉偎依著魯平的肩膀，抬起睫毛，媚聲作答。

「很好，小姐。」魯平盡力裝作渾身飄飄然，「清靜些的地方，沒有人來打擾。也許我們可以暢談一整夜。」

我可以陪你暢談一千零一夜，趕快做夢吧！對方心裡這樣想，她沒有發聲。

十六　襲擊

「妳家裡怎麼樣？」魯平低聲向她建議，「海蓬路二十四號。」

「好吧。」這女子迅捷地抬了抬睫毛，語聲帶著點遲疑。

遲疑，這是表示不太好，於她不太好，於自己當然是有利的。魯平這樣想，他又問：

「妳的車子呢？」

「我的車子？」

「妳的自備汽車。」

這女子的確有自備汽車，但是因著某種原因，今晚恰巧沒有使用。她順口說：「先生，你弄錯了，我還搆不上這種闊氣。」

「那麼，」魯平乘機冒一句，「昨夜裡停在公園路三十二號門口的，那是誰的車子呀？簇新的！」

這女子猛然仰臉，神氣像詫異，又像敬佩，她的眼角間好像含藏著一句話：「你知道得真多呀！」她只嗯了一聲，並沒作答。

這是魯平向她揭示的第三張牌。

當這兩人低聲密語時，他們的步伐留滯在原位上沒有移動。兩個腦子在活動，四個眼珠在旋轉。站在左邊的，眼光傾向左邊，站在右邊的，眼光傾向右邊。他們各自在盼望自己的援軍，以便進行那種「必要的」戰爭。

魯平偷看這女子的眼角，透露著失望的神氣，料想她的後援者也許誤了事，還沒有來。

他舉目四顧，也沒有看見那隻老鴨，和那隻黑鳥的影子。

看來比武的局面，吹了。好吧，天下太平。

顧盼之頃，魯平忽見三四碼外的紙煙攤邊，站著一個嬌小的人物，樣子很悠然。一看，那是他的一名年輕部下，小毛毛郭澤民。

那個小傢伙，猴子般的身材，猴子般的臉。平時，活潑得像猴子，頑皮得像猴子，嘴饞得也像猴子。他的上身穿著一件有拉鏈的黃色外套，下面是藍布西裝褲和黑跑鞋。皮褲帶上吊著琳琳瑯琅的一大串，那是半串香蕉，十來個。他一面閒眺，一面大吃香蕉。拉下一個，剝一個，吃一個，兩口吞下一個。

吃完第三個，不吃了。歪著眼，冷眼望著他的老大，等待命令。

魯平一看到這個猴子型的小傢伙，就知道那隻黑鳥，距此必已不遠。

魯平輕挽著那個女子跨下階石，踏上行人道。他鬆下了這女子的手臂，掏出一支煙，又換出他的打火機。然後，捺著打火機取火燃煙。那打火機似乎缺少了汽油，廓塔，廓塔，廓塔，一連打了三下，才打出火來。他燃上了煙，微微仰臉，噴了一口。

這是一種固定的暗號。

燃煙紙，代表著「注意」二字；把打火機弄出聲音來，這是在說明，需要注意一個「帶手槍的人」．；而仰面噴煙，則是暗示「個子很高」。

那隻小猴子被教得很靈，遠遠頷首示意：OK，老大。他開始遊目四盼。

就在這個燃紙煙發暗號的瞬間，魯平陡覺劈面有個人，像陣旋風那樣向他懷裡直吹過來！那人來勢太猛，一腳幾乎踹著了魯平擦得很亮的皮鞋尖，魯平原是隨時留意的，覺得那個人來意不善，趕快略退一步，沒有讓他踹上腳背。順勢伸出那隻夾紙煙的手，在那人的肩上賞了一掌，輕輕的。

那人領受了這輕輕的一掌，身子向後一晃、兩晃、三晃，直晃了三四晃後才努力站住了腳跟。魯平一看，那傢伙穿著一套咖啡色西裝，個子不太高，模樣倒還像個上等人。看在像個上等人的份上，魯平輕輕地向他說：

「朋友，喝了多少酒？」

那人豎起了眉毛，正想開口「還價」，價還沒有還，冷不防從他身後伸過了一隻又大又黑又多毛的手，在他肩上輕輕一扳，扳得像扇旋轉門那樣飛旋了過去。穿咖啡色西裝的傢伙抬眼一望，哎呀！那個把他當作旋轉門的人，樣子真可怕：黑臉，黑上裝，煤炭似的一大堆？灰黃的眼珠，那是電影中的猩猩王金剛的眼珠；結實的身段，那是一個拳擊手的身段。

那個穿咖啡色西裝的傢伙，一看就有三分懼怯，不禁囁嚅地說：

「做什麼？」

「不做什麼。」一拳！

「黑炭，發瘋嗎？」

「並不發瘋。」第二拳！

「你，你，你不講理？」

「沒有理可講。」第三拳！

一邊企圖以談代打，一邊卻是只打不談。

揮拳的那一個，當然就是那隻黑鵬。他砲彈般的黑色拳頭，第一拳，使對方的左頰，好像注射了一針有速效的多種維他命！第二拳，使對方的右臉，立刻發福而又抹上了太深的胭脂；第三拳使對方的鼻子開了花！

這種太快的打法，不但使對方不及還手，也不及躲避，不及掩臉。打到第四拳，這個穿咖啡色西裝的傢伙，感覺地球已經脫離軌道，身子向後亂晃。那隻黑鳥趕快飛撲過去，雙手把他扶住。扶直了，再打，再晃，再扶直，再……

第五拳，第六拳，第七拳，打得真痛快！

這隻黑色怪鳥，一雙黑拳，正感到過癮，冷不防他自己的背部，突然地，也挨了很重的一下。原來，那個穿咖啡色西裝的傢伙，有個同伴，剛剛飛奔趕到，一趕到就見到自己人，快要被人家打成了醬。那人不及開口，慌忙掩向黑鵬身後，拔出拳來狠命就是一拳。

這一拳真結實。一種名副其實的重量拳！除了這隻黑鳥，換了另一個，受著這種突然的襲擊，一定是垮了！

但是這隻黑鳥卻沒有垮。

他的身子，只略略向前一晃，立刻留住了腿而且跟著飛旋轉了軀體，他又略退一步，以躲避來人的第二拳。

那個小毛毛郭澤民，悠然地，站在紙煙攤子邊，在那裡剝第四根香蕉。

他對當時的情形，完全一覽無遺。

這小傢伙接受魯平的暗示，他在注意街上形跡有異的人，特別是高個子。眼前這個向黑鵬偷打冷拳的傢伙，正是一個高個子。論理，他可以預發警告，讓這黑鳥不受意外的偷襲，但是，他自顧自大嚼香蕉，並不出聲。

不出聲的理由是，這小傢伙倒是一個懂得公道的人。他見黑鵬跟那個穿咖啡色西裝男子動手，局勢成了一面倒，那個被打的人未免吃虧得可憐。為了同情弱者，他希望那隻黑鵬，多少也吃點虧。為此，他眼看那隻黑鵬突受背後的一擊，他卻不發聲。

可是他等那隻黑鵬，背上結結實實吃了一拳之後，他卻放下了後半根香蕉，開口了。他揚聲高唱：

「向後轉，向右看——齊！」

他一面高唱一面偷偷向前，開始參加作戰的準備。

這時，那隻黑鵬不待他的警告老早已經飛旋過身子來。站定腳跟一看，那個偷打冷拳的人，是個二十四五歲的青年，短髮，倒掛眼，臉上有幾點大麻，那人身穿一套藍布工裝，兩個胖胖的褲管，好像充過氣。

那個傢伙，個子看來比自己要高一點，身體非常結實。一望之間，就知道是個打架的好手。

那時黑鵬旋轉身軀剛剛站定，對方的第二拳早已飛到。黑鵬身子一側，閃過了這第二拳，順勢把頭一低，向對方肋下鑽過來。他提起右腳，向著對方伸出的左腳上，狠命直踹下去。這一踹，踹得對方的眼眶裡面幾乎流水！他乘對方舉起一足亂跳的瞬間，接著就朝對方的臉，狠命回敬了一拳，這一拳，幾乎打斷了對方的頸動脈。

那個工裝青年，領受到這厲害的兩手，全身忍不住向後直晃。他一看情勢不對，趕快退後一兩步，一面，趕快伸手，向身後去掏。

掏什麼？大致想掏手槍。

可是那支槍，在他慌忙應戰之中，早已進了小毛毛郭澤民的手。同時，魯平跟那朵神祕的交際花，他們的步伐，卻也被這場小小的巷戰，挽留在行人道上，看得呆住了。

魯平覺得這場架，打得野蠻而又滑稽。他在微笑。

這女子的神情顯得很焦灼。

轉眼之間，街上的事態似已漸漸擴大，參加這場爭鬥的打手，也逐漸增多，站在黑鵬這一邊的，除了小傢伙郭澤民之外，那隻老鴨子——肥矮的孟興，也出現了。對方，除了那個工裝青年，跟那個穿咖啡色西裝的男子，另外也添上了兩個穿卡其布制服的人物，一共七個人，扭打在一起，成了一種混戰的局面。

那隻老鴨子，由於身體肥胖，周轉不靈，似乎吃了點虧。小毛毛專卻打得很好。

圍觀的人越來越多，有人在拍手叫好。

我們中國人素來愛好和平，但是，若有免費的武戲可供觀看，那也是不勝歡迎的。

那位黎亞男小姐，偎依在魯平的身旁，眼睜睜望著那團哄鬧的人圈，她似乎很想跟那個穿工裝的青年說句什麼話，但是看樣子已不可能，她很著急，不時向著那人圈，失聲高喊：

「喂喂喂？趕快歇手，暗暗跟著我，不要再打！」

這女子說的是一口流利的日本語，她把那個穿工裝的高個子青年，稱作「海牙希」。

魯平暗暗點頭。他假裝不懂，向這女子問：「親愛的，妳在說什麼？」

這女子微微一紅臉，支吾著說：「這場架，打得很熱鬧，使我想起了一首日本的俳句，那是專門描寫打架的情形的。」

「噢。」魯平點頭。

由於這個女子，使用日本語向她的羽黨通消息，這使魯平想起，自己也會幾句支離破碎的爪哇語。於是，他也鼓著掌，用爪哇土語向人叢中高聲大喊：「纏住這些人，別放他們脫身。」

人叢裡立刻傳來了高高的同聲：「OK！Chef！」這是那隻黑鵰的聲音，顯見他這架，打得非常從容。

那女子聳聳纖細的肩膀，向魯平反問：

「先生，你在吵什麼？」

「我嗎？」魯平向她擠眼，「我在用一種野蠻人的土語，鼓勵他們打得認真點。」

「為什麼？」

魯平咕嚕著說：「人類全是好戰的。越是自稱文明的人，越好戰。這種高貴的習性，每每隨時表現，大之在國際間，小之在街上。打架是戰爭的雛形，戰爭卻是文化的前編。假使世界沒有戰爭，像原子炸彈那樣偉大的產品，如何會加速生產？所以，戰爭是應該熱烈歌頌的！而打架，也是應該熱烈鼓勵的！親愛的，妳說對不對？」

對方撇著紅嘴，冷笑，不語。

魯平低著頭，溫柔地說：「我們怎麼樣？走嗎？到妳家裡。」

他不等這女子首肯而向著街上揚聲喊：「三輪車！」

一輛三輪車應聲而至。

魯平挽著這女子的手臂，溫柔地，而其實是強迫地，拉著她上車。這女子滿臉焦急，好像準備抗拒，然而那對黑寶石骨碌碌地一陣轉，她似乎決定了一個新的主意。她默默地跟隨魯平跳上了三輪車，她在冷笑！

魯平向三輪車夫說了「海蓬路」三個字。車子疾塵而駛，背後的人聲還在鼎沸。

十七　蔻莉沙酒

三輪車上，魯平坐這位黎亞男小姐的左方。這是他有意挑選的位子，以便盡量欣賞她左頰上淡淡的一個小黑點。

車子一路向西，路越走越冷僻。銀色的月，使那兩片鮮紅的嘴唇愈增幽豔。路是筆直的，路旁的樹葉，沉浸在月光裡，播散一種冷靜的綠意，真是詩的境界。

這女子的神情，似乎比鬱金香溫柔得多。魯平把右臂輕輕擱上她的左肩，找出了許多不相干的問題跟她閒談。談到高興的時候，他故意往那條纖肩，忘形地一摟。於是乎，他的臉，跟那顆小黑痣，完全抹去了可厭的距離。

此時的情調，的確是月下護送愛人歸家的情調。魯平的心坎，感到了一種夢一樣的飄飄然。但同時，他並未忘掉戒備，不過，戒備被飄飄然沖淡了，濃度漸漸不夠。因此，他在之後的兩小時中，幾乎付出了整個生命，作為飄飄然的代價。

嗯，抹口紅的人，畢竟是可怕的！

車上的溫馨，看來非常之短促，實際上是三十分鐘。終點到達了。

由這女子的指示，三輪車停止在一宅靜悄悄的小洋樓之前——海蓬路二十四號。

魯平在掏錢付給車夫的瞬間，有意無意，舉目凝望著那條冷靜的來路。

他是在留意，這女子的背後，會不會有什麼人，在暗暗追隨她而保護著她？換個方向說：有沒有人受了這個女子的指示，在暗暗尾隨自己，找機會出其不意地暗算？

情勢使然，地點也太冷僻，不得不防啊！

月色很好，筆直的路上並無可注意的事物。三輪車正往原路回去。

這女子站在魯平的身旁，黑眼珠在轉，她懷疑了。她的心理跟魯平一樣。懷疑的暗影，在這女子的神經上留下了一個疙瘩，這小疙瘩在之後一個間不容髮的危險局勢中，挽救了我們這位英雄的生命。

那宅小洋樓，沉睡在月光之下，樣式很美，四周有些隙地，當前護著短牆。誠如韓小偉的報告所說，左右並無貼鄰，只是孤單的一座。

短牆的門虛掩著。這女子走在前面，輕輕推開了門，魯平悄然跟在她的身後。這女子回頭吩咐：「掩上它。」

她踏上石階，按著門框上的電鈴。好一會兒，一個睡眼朦朧的小女孩，鬆著衣紐出來開門。

魯平在想，這個小女孩，是不是白天在電話中回答「黎小姐不在家的」那個。

女孩站在一邊讓兩人入內。把門關好，插上短門。

關門的聲音使魯平的內心感到怦然而動。為什麼？連他自己也不大知道。

只聽這女子向這女孩問：「秀英，有沒有電話？」

「三個。」女孩子的回答很簡短，顯出訓練有素的樣子。「八點半，八點四十五，還有一個在十點鐘剛敲過。」

「妳是怎麼應付的？」

「我告訴他們，『黎小姐不在家』，照妳的吩咐。」

「姓名呢？」

「我已請曹先生分別記下了。」

魯平在一邊想，曹先生？韓小偉曾提起過這個人，據說就是這間屋的屋主。她跟他，是什麼關係呢？還有，這女子在今天一整天，全讓這個小女孩在電話中告訴人家：「黎小姐不在家。」這又是什麼意思呢？難道，這朵交際花，準備謝絕交友了嗎？

在這瞬間，他感覺到這個女子，全身充滿著不可究詰的神祕。

只聽這女子又說：「很好，秀英，妳去休息吧。」

「要不要把張媽叫起來，小姐？」女孩問。

「不必了。」

女孩子抬起了那雙伶俐的眼珠，看看魯平，然後遲疑地問：「這位先生，等等，走不走？」從這語氣中可以聽出，以前在同樣的情形之下，曾經有過「不走」的人。

「嗯，他嗎？——」那對黑寶石，有意思地一抬，「大概，不走了！」

這短短的對白，又引起魯平一種異樣的感覺。又是飄飄然嗎？好像是的。但是，他好像只意會了這「不走了」三個字的一種含意，卻忽略了這三個字另一種可能的解釋。很可惜，他沒有看到，這女子在說這三個字的瞬間，眼角的神情，是如此的嚴冷！

女孩一轉背，這女子引領著魯平穿過了一間屋子而踏上了樓梯。魯平在走樓梯時，驚奇著整個屋宇的沉寂。據他的想像，這宅洋樓裡似乎應該熱鬧些。尤其，看看手錶，不過十二點多一些，似乎不算是太晚呀。

夜是神祕的，地方也是神祕的，一旁這個閃動著黑眼珠的女人，尤其是神祕而又神祕的。神祕充滿著整個屋宇，也充滿著魯平整顆心。

至少，他不再像昨夜一樣，一走進那宅公園路的屋子，馬上就喊「太不夠刺激！」

五分鐘後魯平被招待進了一間憩坐室。這間房間，空間很寬敞，布置得輝煌綺麗，富有羅曼蒂克的氣氛，氣氛是溫馨的。

一走進憩坐室，這女子隨手把她的手提夾，向正中一張桃花心木的小圓桌上一摔，馬上脫掉短外褂。然後，走到一座面街的窗之前，把窗簾扯開一半，開了一扇窗，放進了些夜的涼意來。

月光掠過了窗外草地上一株法國梧桐的樹梢，乘機溜進窗口，想偷看看窗裡的人，正在做些什麼？

這女子扭轉身軀，指著一張鋪著天藍錦墊的雙人沙發，輕輕說：「先生，請隨便坐。這裡，可以跟你家裡一樣，不用拘束。」

然後，她拿起了她的手提夾，把外褂挾在臂彎裡，向魯平微微一鞠躬：「我要去換掉一雙鞋子，先生！」

嗯，你聽，這裡可以跟「你的」家裡一樣，不用拘束。話，說得多麼那個呀！

可是魯平依舊站在那裡，沒有坐下來，他有點遲疑。

這女子已經把那扇通連臥室的門，推開了一道狹縫，她重新旋轉身來，向魯平飛了一眼，譏刺似地說：「我這裡『又沒有埋伏又沒有兵』，你可以絕對放心。等等，假使談得太晚了，我可以把我這間臥室暫讓給你，大概不至於使你不舒服。」

她把那道門縫放寬些，讓魯平把視線從她的肩上面穿過去。這一瞥之間，魯平只看到了那張床的一角，被單，雪一樣的耀眼，不像普通女子的床，鋪設得花花綠綠。潔白的長枕，疊得高高的。

一幅幻想的圖畫，悠然在魯平的腦海上輕輕一閃，這樣一張床，長髮紛披在雪一樣的枕上，像黑色的流泉，襯映著玉色的頸，肩，臂……這是如何的情味？

他的心頭推起了一朵小浪花。

那道紅藍條子的倩影，掩入了房內，門，輕輕闔上了。

魯平隨便挑選了張沙發靜坐下來，開始欣賞四周的陳設。這裡的家具，不太多，也不太少，似乎多了一件或者少了一件都足以破壞那種多樣統一的美。他的視線首先投射到一隅之中，那裡，有座桃花心木的貼壁三角架，安放著一座青銅雕刻品，那是一個裸體的少女，肩背著一個大花籃。那個少女的神情，何等嬌憨？星眸微張像在向你撒嬌說：累死我了！能不能允許我跳下架子來玩玩呢？

另一隅安設著一座落地收音機，簇新的流線型。跟這收音機成一對角線的，是一個桃花心木的酒櫥，羅列著若干瓶西洋酒。未飲酒，看看那些精緻的酒器，就先使人心醉。

嘿！這是一個都市女子倚仗她的原始資本所獲取的豪華享受。在這個奇怪的世界中，倚仗你的刻苦精神，真實努力，而想取獲這種享受之萬一，朋友，請別做夢吧！

然而，像眼前的這位黎亞男小姐，除了依靠她的交際來獲取她的享受之外，似乎還有其他不可究詰之處咧。魯平靜靜地這樣忖度。

沉思之際，室門呀然輕啟。只見那個神祕女子，帶著另一種灼人的魅力，又從臥室裡面走出來。

她的衣服更換了，換的是一件普魯士藍軟緞的梳洗袍。那件長袍裁剪得非常特別，衣袖短而寬，張開著，像是兩柄小綢傘，腰間那條絲條，看來束得不怎樣好，胸部半袒，舉步時，衣角一飄一曳，健美的腿若藏若露。赤腳，穿著一雙草拖鞋。

這女子的神情，始終是刻刻變換的：在鬱金香內，跟三輪車上不同；在三輪車上，跟來到這宅洋樓時不同；在未換衣服之前，又跟眼前的神情，絕對不同。

現在，她跟最初相比，好像完全換了一個人，她的眼角充滿著情蕩。藍色的衣袂，飄飄然，像在播散著暮春季節的風，使這冷靜的一室，增添了醉人的溫暖。

她把絞盤牌，連同打火機一起送到魯平身畔，柔聲地說：「先生請抽煙。」順便，她把魯平放在膝蓋上的那頂呢帽，接過去掛起來。

魯平飄眼看看那紙煙，他不知道想起了什麼，沒有把手指伸進紙煙盒裡去。

這女子還在說：「先生，我很尊重你的意見，不讓有人打擾我們的談話，我沒有把下人喊起來。因此，除了紙煙，不再有什麼東西可以款待你，真抱歉！」

「我們自己人，別太客氣，親愛的。」魯平在摸索他自己的紙煙盒。

這女子走向那個桃花心木的酒櫥，她說：「要不要喝點酒？良夜客來茶當酒，行嗎？」

「好吧，親愛的。」他隨口回答。他在燃著自己的煙。

這女子站在那個酒櫥前，在檢視她這小小的酒庫之內，有些什麼佳釀。她背對著說：「噢，這裡有瓶寇莉莎酒。酒，不算太名貴，記得送給我的人曾說過，這酒已經陳了好幾年，想必不錯哩。」

「美極了！」這邊隨口稱賞。他在紙煙霧裡欣賞她比酒更醉人的線條。

這女子開了玻璃櫥門，把一瓶無色的液體拿到手裡，似乎費了點力，才轉開了那個瓶塞。然後，她又伸手到另一層櫥格上去拿酒杯。

這時，魯平從背後望過去，看到了一件使他認為有點可怪的事。

原來，這女子在酒櫥的上一層裡，拿起了一隻高腳坦口的玻璃杯，這一層中，放著一組同樣的杯子，一共五隻。她從這一組中只取了一隻。然後，卻從另一層的另一組酒杯中，另外又取出了一隻。遠遠看去，兩隻杯子，完全是同樣式的。奇怪呀，既然是同樣式的，那麼為什麼要從兩組杯子中分別取出兩隻來呢？

魯平開始密切注意了。

只見這女子背著身子把瓶內的酒斟進了兩隻酒杯。她把斟上酒的杯子放進一隻琺瑯瓷的盤子裡。然後，托著盤子旋轉身軀，把盤子端過來。

她並不把酒直接送到魯平身前，卻把這個小盤子送到了那張桃花心木圓桌上。在將要放下的瞬間，魯平注意到她的眼光，好像向這盛著酒的兩隻杯子，著意注視過一眼。其次，她的另一個動作更可怪，她把那盤子放在桌上後，用迅捷的手法，把這盤子旋轉了一下。於是，本來靠近她自己的那隻杯子，變成靠近魯平這一邊。

這個動作太可怪了，但是魯平假裝完全沒有看見。

他不等這女子向他招呼，先從沙發上站起來，走近那張小圓桌。他運用著敏銳的目光，開始觀察這兩隻玻璃杯。嗯，這其間，究竟有些何等的魔術呢？奇怪之至，這兩隻杯子，一望之下，完全是一樣的，杯子上畫著些細小的米老鼠卡通，紅黑間色，看來很可愛。杯口有幾條紅藍二色的線，細細的。仔細再一看，看出毛病來了！毛病就在這些紅藍二色的線條上。這些細線，一共四條，紅藍二色相間。其中一隻，紅線條在最上，一條紅的，一條藍的，再一條紅的，再一條藍的，而另一隻玻璃杯，卻是藍線條在最上，先是藍線，然後紅線，成為藍、紅、藍、紅。

藍線在上的那隻杯子，靠近她自己。

看來，那隻杯子是可靠的，而另一隻，哼！不大靠得住！

魯平在看出了這些毛病之後趕快把視線改換方向，別讓對方看出他的起疑。他故意在他的氣腔裡面灌進了點氫氣，讓自己的骨骼，顯得特別飄飄然起來。他的眼珠，好像變作了兩枚蟲豸，從那顆小黑痣上蠕行下來，蠕行過她的粉頸，蠕行進她半露的胸膛。

那雙色情的眼，漸漸變成了兩條線。

對方看到了這可憎的樣子，身子一扭，胸間的藍色線條起了一種波浪紋。她撒嬌地說：「做什麼這樣盯著我？」

「妳太美了！」他的聲音有點顫動。

「你太渴了吧？」對方也用一種有甜味的顫聲回答他。那對黑寶石飄回到兩隻玻璃杯子上，「酒可以暫解你的渴。你看這種酒，色澤是純潔的，滋味非常甜蜜，這可以象徵我們以後的友誼。」

「噢，以後嗎？為什麼要以後？」他還沒有飲酒，舌尖已經含糊了，「我喜歡現實。進一步說，我是不怕正視現實的。」

他密切注視著那塗蔻丹的纖指，在搶先一步，向那隻玻璃杯子伸過去。好極，安全第一！

就在這個瞬間，魯平突然轉了臉，做出一種傾聽的神氣，眼光直望著窗外。

嗚，嗚，嗚，一輛汽車劃破了夜的靜寂正在窗外輕捷地駛過。

她這伸手取酒的動作，被魯平這種突如其來的驚怪狀態阻止了。

她不禁移步走向窗前，探頭向窗外望。

立刻，魯平就把那隻琺瑯瓷盤轉了一圈。

這女子也馬上回到小圓桌前。她向魯平驚異地問：「你聽有什麼？」她的睫毛跟著垂下，凝視著那兩隻玻璃杯。

酒杯裡在起波浪紋！

十七　蔻莉沙酒

十八　攤開紙牌來

那對黑寶石，從酒杯上抬起，凝視魯平的臉。她聳聳肩膀，在冷笑。

忽然，她胸前的藍色線條又是一陣顫動，格格格格格，她竟揚聲大笑起來！

這樣的笑，在她，已經並不是第一次。在鬱金香，她曾同樣地笑過一次，那是在我們這位紅領帶英雄被剝奪了警員的假面具的時候，她這笑，笑得非常美，非常媚。就為笑得太美太媚了，聽著反而使人感覺非常的不舒服。

魯平在想，怎麼？難道把戲又被拆穿了嗎？

他忍不住發窘地問：「妳笑什麼呀，親愛的？」

「我笑嗎？嗯，親愛的，」——她也改口稱魯平為親愛的了，「你，真膽小得可愛，而也愚蠢得可憐！」

「我，我不懂妳的話。」

「不要裝模作樣！」對方把雙手向纖細的腰肢間一叉，撅著紅唇直走到魯平身前說：「請問，你是不是把這兩隻杯子換了一個方向？」

這女子會擲出這樣一個直接的手榴彈，這完全出於魯平意料之外。他白瞪著眼，呆住了。至少，在這瞬間他是呆住了。

對方帶著媚而冷的笑，像一位幼稚園中的女教師，教訓著一個吃乳餅的孩子那樣向他教訓說：「你不敢在我家裡抽我的紙煙，為什麼？你不想想，剛打開的紙煙盒，我可能在每支煙內，加上些迷藥之類的東西嗎？哎呀，你真膽小得可愛！你太迷信那些偵探小說上的謊話了。」

「嗯……」魯平的眼珠瞪得像他部下孟興的眼珠一樣圓！他聽他的女教師，繼續教訓他：

「還有，你把這兩個杯子，換了一個方向，這又是什麼意思？請你說說看。」

「……」

「噢，你以為，我在這兩隻杯子的某一隻內，已經加上了些藍色毒藥或者氰化鉀了嗎？假使我真要玩這種小戲法，我能當場讓你看破我的戲法嗎！傻孩子，難道，你不想想嗎？」

嗎？嗎？嗎？嗎？嗎？

魯平一時竟然無法應付這些俏皮得討厭的「嗎」！

這女子把腰肢一扭，全身閃出了幾股藍浪。她飄曳著她的傘形大袖，走回那張桃花心木圓桌，她說：

「膽小的孩子，請看表演吧！」

她把兩隻杯子一起拿起來，把右手的酒，傾進左手的杯子，再把左手的酒，傾進右手的杯子，傾得太快，酒液在手指間淋漓。咕嘟，咕嘟，她在兩隻杯子裡各喝了一大口。

她喝酒的態度非常之豪爽。

然後，她把兩杯中的一杯遞向魯平的手內，嘴裡說：「現在，你可以放心了吧？親愛的！」

魯平在一種啼笑皆非的羞窘狀態之下，接過了那杯酒。他連做夢也沒想到，他的一生將有一次，要在一個女孩子的手裡，受到這種打擊。

叮噹，杯子相碰。兩張臉同時一仰，兩杯酒一飲而盡。

酒，使這個女子增加了風韻；酒，也使魯平掩飾了窘態。

空氣顯然變得緩和了。

魯平放下杯子，夾著紙煙，退坐到那雙人沙發上。這女子理理衣襟，遮掩赤裸的大腿，依偎著魯平坐下。電一樣的溫暖，流進了魯平的肩臂，濃香在撩人。她伸手撫弄著魯平的領帶，輕輕地嘲弄：「久聞紅領帶的大名，像原子彈那樣震耳，今日一見面，不過是枚大砲仗而已！嘿，膽量那麼小，怕一個女人，怕一杯酒！」

魯平突然把身子讓開些，惱怒似地說：「小姐，妳注意我的領帶，是幾時開始的？」

「在鬱金香裡，何必大驚小怪呀？」

魯平暗暗說：「好，妳真厲害！」

這女子又說：「告訴你吧，今天下午，我接到情報，有人在四面打探我昨夜裡的蹤跡，我就疑心了，但我沒有料到就是你——魯先生。」

「哈！妳的情報真靈！」魯平苦笑。心裡在想，看來韓小偉這小鬼頭，他的地下工作，做得並不太好。

這女子把左腿架上右腿，雙手抱住膝蓋，嘴唇一撇：「難道，只有你的情報靈？」

魯平伸出食指碰碰那顆小黑痣，呻吟似地說：「我的美麗的小毒蛇，我佩服妳的鎮靜，機警！」他把那股暖流重新摟過來，欣賞著她的濃香。「親愛的，妳使我越看越愛，甚至，我連妳的溝牙也忘掉了！」

這是魯平的由衷之言，真的，他的確感到了這條藍色響尾蛇的可愛了！

這女子把她的小黑痣貼住了魯平的肩，嚶嚶然說：「據我記憶所及，你在鬱金香門口開始，稱我為親愛的，到現在，已經是第三十六次的紀錄啦。」

「妳的記憶真好，親愛的！」

「第三十七次。」

「妳願意接受這個稱呼嗎？親愛的。」

「三十八！」那對有暖意的黑寶石上了魯平的臉。「我以為這兩個字，在一面，絕不能隨便出口；另一面，也絕不能太輕易地就接受。記得，西方的先哲，曾為『愛』字下過一種定律：愛的唯一原則，絕不可加害於對方，好像聖保羅也曾向什麼人這麼說過的。」

魯平驚奇著這女子不凡的談吐。他索性閉上眼，靜聽她嚶嚶然說下去。

戒備，快要漸漸溶化在那股濃香裡！

她繼續說：「假使上述的定律是對的，那麼，你既然稱我為親愛的，你就該放下任何加害我的心，對嗎？」

「對！」魯平依舊閉著眼。

「那麼我們絕對該坦白相見，對嗎？」

「對！」

「你說那個陳妙根，是我親自帶人去把他槍殺的，對嗎？」

「對呀！」魯平突然睜開眼，「難道妳想說不？」

「噓，我曾向你說過不嗎？」她側轉些臉，在魯平臉上輕輕吹氣，一種芝蘭似的氣息，在魯平臉上撩拂。

「老實告訴你，我對這件事，原可以不承認。因為我並沒有留下多大的痕跡，沒有人會無端懷疑到我。」

魯平在想：「小姐，自說自話！」

她說下去：「但是，我在鬱金香內一看到說這話的人是你，我就不再想抵賴。我知道跟你抵賴不會有好處。」

香檳跑過來了！

世界上的任何人，上至滿臉抹上勝利油彩的那些征服者，接收官員；下至一個小扒手，都喜歡香檳；接收官員當然歡迎有人稱頌他的廉潔；小扒手當然也歡迎人家說他「有種」。總之，一頭白兔也歡迎有人撫撫牠的兔子毛。我們這位紳士型的賊，當然也不能例外。

他被灌得非常舒服，但是他還故意地問：「為什麼一看見我，就不想抵賴呀？」

「二來……」她只說了兩字，卻把那對黑寶石，鑲嵌上了那條鮮紅的領帶。然後微微仰臉，意思說是為了這個。她索性把魯平的領帶牽過去，拂拂她自己的臉，也撩撩魯平的臉。

「還有二來嗎？」這邊問。

「二來，我一向欽佩你玩世的態度。」那對黑寶石彷彿浸入在水內，臉，無故地一紅。「你知道，欽佩，那是一種情感的開始哩！」

魯平像在騰雲了！但是，他立刻覺悟，在一條小毒蛇之前騰雲是不行的。他把身子略略閃開些，真心誠意地說：

「聽說，那個陳妙根，是個透頂的壞蛋哩。」

「當然哪！否則，我何必搗碎他！」

「妳有必須搗碎他的直接理由嗎？」

「當然！」

「我能聽聽妳的故事嗎，親愛的？」

「我得先看看你的牌。」藍色線條一扭。

「已經讓妳看過了，不是嗎？」

「不！」睫毛一閃，「我要看的是全副。假使你是真的坦白對我，你該讓我先聽聽，你在這個討厭的故事上，究竟知道了多少？」

「知道得不多。」魯平謙遜地說。他在想，雖然不多，好在手裡多少有幾張皇與后，妳別以為我是沒有牌，偷機！這麼想時，他把身子坐直，整一整領帶，換上一支煙，然後開始揭牌。

「親愛的，妳聽著。」他噴著煙，「第一點，妳跟妳的同伴，是在昨夜裡十點五十分左右，走進那宅公園路的洋房的，即使我提出的這個時間略有參差，但至多，絕不會相差到十分鐘以上！」

他說話的態度，堅決、自信，顯出絕無還價之餘地。對方頷首，表示「服帖」。

「妳帶領著兩位侍從，連妳，一共三個。」

那雙嫵媚的眼角裡透露出一絲輕倩的笑。她說：「噢，連我，三個？好，就算三個吧。」

就算？字眼有問題。魯平忍不住說：「假使我是發錯了牌，親愛的，請妳隨時糾正。」

「別太客氣，說下去。」

魯平覺得對方的神氣有點不易捉摸，他警戒，發言必須留神，否則，會引起她第三次的格格格格，那有多麼窘！

他繼續說：「妳的兩個侍從，其中一個，帶著手槍——帶的是一支德國出品的Luger槍，帶槍的那個傢伙個子相當高，他姓林。對不對？」

他吃準剛才在鬱金香門口跟黑鵬比武的那名工裝短髮的青年，就是昨夜裡的義務劊子手。他聽這位黎小姐用日本語稱他為「海牙希」，所以知道他是姓林。

這女子居然相當坦白，她又撫弄著魯平的領帶，嘴裡說：「名不虛傳！」

魯平在對方的稱讚之下得意地說下去：「還有一個，大概就是剛才在鬱金香內陪妳小坐過一會兒的青年紳士，穿米色西裝的。妳說他姓白。他和妳的交情很不錯。大約他像我一樣，喜歡稱妳為親愛的，紀錄也一定比我高，對嗎？」

他的問話顯然帶著點檸檬酸。

她聳肩：「你看剛才那個穿米色西裝的小傢伙，線條溫柔得像花旦博士一樣的，他會參加這種殺人事件嗎？喂，大偵探，說話應該鄭重點，別信口亂猜，這是一件殺人案子呀！」

她又聳肩，冷笑，神氣非常堅決，絕對不像是說假話。魯平在擔心，不要再繼一陣格格格格格。還好，她只冷笑地說：

「大偵探，請你發表下去吧。」

「那麼，」魯平帶著點窘態，反問：「除了那個姓林的傢伙以外，還有一個是誰？」

「還有一個是誰嗎？告訴你，根本不止還有一個哩。」

「那麼，還有幾個是些什麼人？」魯平真窘。

「你問我，我去問誰？」纖指在他臉上一戳，「別讓大偵探三個字的招牌發霉吧！」

她怕這位紅領帶的英雄下不了臺，立刻就用一種媚笑沖洗他的窘態。她說：

「別管這些，你自顧自說下去吧。」

魯平帶著點惱意說：「你們這一夥，」他不敢再吃定是三個。「在那洋房的樓下，先擊倒了兩個人，把他們拖進一間小房間，關起來。對不對呀？」

「對，說下去。」

「之後，你們闖進了二樓的憩坐室。那時候，陳妙根已經回來。妳，曾在那張方桌對面坐下來，跟這壞蛋，開過一次短促的談判。這中間，你們曾威脅著他，把一串鑰匙交出來，打開了那個保險箱，搬走了什麼東西，連帶拿走了那串鑰匙，對嗎？」

「對，說下去。」

「在談話中間，妳曾敬過這位陳先生一支絞盤牌。對嗎？」

「好極。」紅嘴唇又一撇，眼角掛著譏笑，「一個專門以拾香煙屁股為生涯的大偵探，倒是福爾摩斯的嫡傳哩！還有呢？」

魯平帶著點無可奈何的惱怒在想，小姐，妳暫時別太高興！拖著紅色領帶的人，不會帶著鼻子上的灰就輕輕放手的！他說：「妳記不記得，那位陳妙根先生，在跟妳談判的時候，曾把一疊鈔票，橫數豎數數過好幾遍。對不對呀？」

那對黑寶石突然閃出異光。她像在喃喃地自語：「是的，當時他曾向我借過一張鈔票哩。」

「噢，他曾向妳借過一張鈔票？是關金？美鈔？偽幣？」魯平猛噴了一口煙，煙霧中浮漾著得意。

女子特別懷疑，她知道魯平的得意不是無故的。

魯平緊接著問：「妳知道這一小疊鈔票的用途嗎！」

這女子思索了一下而後說：「他把那疊鈔票，整理了一下，想差遣我們中間的一個人，代他去買紙煙。」

魯平暗暗點頭，在想，這是一個欲擒故縱的好辦法。他問：「當時你們怎麼反應？」

「當然不理他。」

魯平在想，好極了，你們當然是「當然不理他」，而那位將要進服鐵質補品的陳妙根先生，當時所希望的，正是你們的「當然不理他」，然後，他才能把這遺囑一樣的線索，隨便留下來，真聰明，聰明之至了！

他對那位已經漏氣的陳妙根先生，感到不勝佩服。他又問：「當時妳曾注意他的表情嗎？」

「他知道死神已經在他頭頂上轉，他很驚慌，吸紙煙的時候甚至無法燃上火。」這女子在懷疑的狀態之下坦白地回答。她想聽聽魯平的下文。

魯平卻在想，好，精采的表情！他又問：「後來，妳曾注意到那疊鈔票的下落嗎？」

「沒有。」

魯平想，這是應該注意的，而妳沒有！聰明的小毒蛇，憑妳聰明，妳也上當了！

他微微聳肩，盡量噴煙，暫時不語。

沉默使對方增加懷疑，她的那顆精采的小黑痣再度貼上了魯平的肩，催促著說：

「咦！為什麼不說下去呀？」

魯平趕緊躲閃紙幣的問題，他說：「我手裡還有好多張紙牌哩。」

「那麼，揭出來。」

「我最重要的一張牌知道你們開槍的時間，是在十一點二十一分。毫無疑義！」

那雙黑眼珠仰射在魯平臉上，表示無言的欽佩。她實在思索不出，魯平對開槍的時間，何以會說得如此準確？她問：

「還有呢？」

「還有，我知道你們在開槍之後，曾在房中逗留過一段時間，約莫十分鐘左右，對嗎？」

「嗯，差不多，說下去。」

「你們在這最後逗留的時間中，曾拿走了玻璃板下的一張照片——大約就是妳的照片。對嗎？」

這女子冷笑，在想：我的照片是絕不會隨便留在外面的，你胡說！但是她問：「你從什麼地方看出，我曾拿走一張照片呢？」

「因為玻璃下的照片行列弄亂了。」

「好吧，說下去。」

「我知道在這最後逗留的時間中，你們中間有一個人，曾把窗簾拉下來。對嗎？」

「對，還有？」

「我又知道，最初，你們並不準備就在那間房裡用槍打死他，我猜測得對嗎？」

「夏洛克．福爾摩斯，請舉出理由。」

「因為，你們用的那種Luger槍，聲音太大，你們絕不會傻到連這一層也絕不考慮。對不對呀？」

「親愛的夏洛克，你的猜測相當聰明。但是，你還缺漏一些小地方，別管這個，你且說下去。」那顆小黑痣在魯平的肩上摩擦。

魯平在那股濃香中繼續說：「之後突然開槍，那是因為一種意外的機緣所促成，恰巧，那時有幾位盟軍，在吉普車上亂擲鞭炮，這是一種很好的掩護。親愛的，我猜得對嗎？」

他不等對方的回答得意地說下去：

「所以，我說，這種內戰殺人的機會，正是那幾個坐吉普的盟軍供給的！」

「你說內戰，這是什麼意思呀？」黑眼珠中閃出了可怕的光！

「我的意思是說，你們跟這陳妙根，原是一夥人。」魯平隨口回答。

他並沒有注意到這條藍色響尾蛇，在盤旋作勢！

十九　藍色死神

這女子暫時收斂去眼角間的鋒芒，她問：「你說我們跟這壞蛋陳妙根，是一夥人，你的理由呢？」

「理由？」魯平向她冷笑，「妳聽著，打死陳妙根的這支槍，是Luger槍；而這陳妙根有一支自備手槍，也是這種同式的德國貨。據我所知，這種槍，過去只有一條來路，因此我可以肯定地說：殺人者與被殺者，正是一丘之貉，同樣的不是好東西！」

對方撇嘴：「先生，在你還沒有把問題完全弄清楚之前，請你不要太性急地就下論斷。」

「是是，遵命。」

這女子又問：「你的皇牌，就是這幾張嗎？」

魯平沉下了他的撲克面孔說：「也許，還有哩。但是，我想看看妳的牌。第一我想問問，你們有什麼理由，要槍殺這個陳妙根？」

這女子霍然從沙發上站起來，雙手叉著腰，睜圓了她的黑眼珠，說：「他，專門殘害同夥，他，手裡握著許多不利於我們的證據，時時刻刻，準備跟我們過不去，就憑這點理由，搗碎他，你看，該不該？」

這女子的美而凶銳的眼神使魯平感到寒凜。他冷然回答：「該該該！那麼，妳承認，妳是陳妙根的同夥了，是不是？」

「是的，我承認。」

「他是日本人的一隻祕密走狗，妳知道不知道？」

「嗯！這……」她的睫毛漸漸低垂，這條藍色毒蛇正在加緊分泌毒液到牠可怕的毒牙裡去！

而魯平還在冷然譏刺她說：「親愛的，想不到妳，也是一件名貴的漢器，失敬。」

那雙黑眼珠突然抬起，冷笑著說：「先生，請勿把這大帽子，輕輕易易，戴到我的頭上來。你必須知道，世間的各種事物，都只有差別而沒有嚴格的界限！」

「親愛的，我不是很懂妳說的話。」魯平說。

這女子飄曳著她的藍色衣裙，在沙發之前走來走去，自顧自說：「有一種蟲類在某一種環境裡會變成一棵草；而在另一環境之下，牠卻依舊還是一條蟲。例如『冬蟲夏草』之類的東西，你該知道的。」

「親愛的，我不懂得妳這高深的哲學！」

「不懂得？」那雙黑眼珠向他斜睨著。她反問，「你說我是一個漢奸，是不是？」

「妳是陳妙根的同夥，而陳妙根卻是日本人的走狗。」魯平向她鞠躬，「小姐，抱歉，我不得不這樣稱呼妳。」

「那麼，請聽我的解釋吧。」她聳肩，冷笑，「所謂忠，所謂奸，在我看來，也不過是一種環境與機會的問題而已。」

「噢。」

她的臉色，突然變成非常的嚴冷。「尤其在我們這個可憐的中國，這種染色的機會特別多，過去如此，現在如此，將來，嗯，將來恐怕還是如此！所以，先生，在你還沒有評估你自己的人格之前，我要勸勸你，切莫隨隨便便，就把漢奸兩字的大帽子，輕輕往別人的頭上拋過去！」

魯平向她眨眨眼，說：「小姐，妳很會說話。這是一種自白書上的警句哩。」

這女子冷笑著說：「我還不曾被捕，你也不是法官，我們站在法律圈外說話，我不必向你遞送什麼自白書。不過，我倒還想告訴你……」

「妳想告訴我什麼？親愛的。」

「我想告訴你：戲臺上的白鼻子，實際上不一定真是小丑；同樣，在戲臺上戴黑三鬍口而望之儼然的，在戲房裡，那也不一定真是忠臣義士。所以，先生，我希望你不要把戲臺上的事情看得太認真。」

「小姐，」魯平也向她冷笑，「妳這偉大的議論，是不是企圖說明：妳雖是陳妙根的同夥，而實際上，妳是非常愛國的，是不是如此？」

這女子的眼角，透露輕鄙之色，卻帶著點痛苦，她說：「愛國，不是修辭學上的名詞，而是一個實際的良心問題。」她把語聲提高了些，「假如我告訴你，過去，我為求取良心上的安適，我曾屢次用我的生命作賭博，你相信嗎？」

「小姐，我向妳致敬！」

這女子輕輕嘆了口氣，似乎不再想辯白。

兩人暫時無語，室內暫歸於沉寂。

時光在那藍的線條，紅的嘴唇，與漆黑的眸子的空隙裡輕輕溜走。這使魯平並不感覺疲倦，也並不感覺時間已經消磨得太長。

夜，漸漸地深了。

偶然一陣夜風從那開著一半的窗口裡吹進來，拂過魯平的臉，使他覺悟到他在這間神祕而又溫馨的房裡，已經坐得相當久，他伸欠而起，望望窗外的夜色，彎著手臂看看手錶，他在想，現在，應該談談主題了。

一切歸一切，生意歸生意！

他仍舊保持著若無其事的態度說：「小姐，妳在那保險箱裡，搬走了些什麼呀？」

「我已經告訴過你，」她皺皺眉毛，「那是一些不值錢的文件，但是留在陳妙根的手裡，卻能致我們於死。這是我們昨夜到他房裡去的整個目的。」

「妳的意思是說陳妙根有了那些憑證，可以告發你們，是嗎！」

「正是。」

「那麼，你們同樣也可以告發他呀。別忘記，現在是天亮了。」

「天亮了！只有勢力，沒有黑白；只有條子，沒有是非。哼！」

她對所談的問題，似乎感到很痛苦。一扭身，往另一張沙發坐下。坐的姿勢相當放浪，藍線條只掩住了她部分的玉色線條，而袒露著另一部分。

魯平尖銳的眼光注視著她。他在估計，這個神祕女子所說的話，到底有幾分真實性？

對方趕緊把衣襟理一理。

魯平的視線，從這藍色線條上掠向那個掮花籃的裸體人像，而又重新掠回來。他在想，裸露，那是一種莊嚴；而掩藏，反倒是種可憎的罪惡哩！

他把紙煙掛上嘴角，說：「妳說這個世界，只有條子，沒有是非。聽妳的口音，這個陳妙根的手頭，大約很有些條子哩。是嗎？」

「當然哪！」對方蹺起赤裸的一足，草拖鞋在晃蕩。「現在，他已成為一個祕密的敲詐家，難道你不知道嗎？」

「那麼，在那保險箱內，應該有些金條美鈔之類的東西的。對不對？」他由閒話進入正文。

「沒有，絕對沒有！」她的口氣很堅定。

魯平在想，是的，一顆美麗的果子，必須要設法剝剝它的皮，然後才有汁水可吃。思慮之間，打著哈欠，他故意裝出滿面的倦容說：「近來，我的身子真不行。醫生告訴我，我已患了惡性的貧血病。」

對方是聰明的，她聽魯平提到那保險箱，她就知道魯平，快要向她開價。於是，她睜大了那對黑寶石，靜聽下文。

魯平說：「這種貧血症有一個討厭的徵兆，就是喜歡多說話。能說的要說，不能說的也要說。」

這女子表現出會心微笑：「你的意思是，假使有人輸些血，就可以治好這種多說話的病，是不是如此呀？」

魯平向她頷首，心裡在想：所以，小姐，還是請妳識相點。

「那麼，你需要多少血，才可以治癒你這討厭的毛病呢？」

「大概需要一千CC吧？」他的語氣，帶點商量的意思。他把一千代表著一千萬；他把CC代表著單位，意思非常明顯。這是他在昨夜裡所期望那保險箱的數目。

「少一點行不行？」

「太少，怕不行。」他搖頭，「但是稍為短少些是無礙的。」

看在她美貌的份上，他願意把生意做得遷就點。

「好吧。」這女子霍然從沙發上站起，「讓我找一找，能不能先湊出些數目來？」

但是她又皺皺眉，「時間太晚了，湊不出的話，等明天再說，行嗎？」

「行！」魯平大方地點頭。他的眼光從她臉上輕輕飄落到她手指間那顆瀲灩如水的鑽石上。他想：憑我這條紅領帶，縛住妳這小雀子，不怕妳會飛上天！

這女子扭著她的藍色線條走到了臥室門口，忽然，黑眼珠輕輕一轉，不知想起了什麼，她又轉回身軀，走向那座流線型的落地收音機。她彎著身子，開了燈，撥弄著刻度表，嘴裡說：「你太疲倦了，聽聽無線電，可以提提神。」

「好吧，親愛的，多謝妳。」魯平在這一場奇怪交涉的間歇中，果真感到有點倦意。他閉眼，養神，心無二用，專等拿錢。

他的姿勢像是躺在理髮椅上等待修面。

一陣陣嘈雜的聲音，從那盒子裡流出來，打破了整個沉寂。

這女子把指針停住一個地方，空氣裡面，有一位曾被正統女人尊稱為先生的花旦小姐，正在表演一種患肺病的鴨子叫，嗓音宏亮得可觀！

魯平閉著眼在想，一個外觀這麼漂亮的人，要聽這種歌，好胃口呀！

想的時候，那個女子已經再度走到臥室門口，轉臉來說：「聽吧，這是某小姐的臨別紀念，最後一次。明天再想聽，就不能了！」

「噢。」魯平並沒有睜開眼。

他聽拖鞋聲走進了臥室。不一會兒，再聽拖鞋聲走出臥室，關上門。他疲倦地微微睜眼，只見這女子，從臥室裡帶出了一個小首飾箱，小而玲瓏的，約有三十公分長，十二公分高。她把小箱放到了那張桃花心木的圓桌上，背對著窗口，用鑰匙開箱。揭起的箱蓋，遮斷了他的視線，看不見箱內有些什麼東西。

為了表示大方，他又重新闔上眼皮。

這女子一面點著箱子裡的東西，一面唧唧噥噥說：「你看，你竟倦到這個樣子，要不要煮杯咖啡給你喝喝？」

「不必，親愛的。」

「我預備著SW牌子的咖啡，一喝之後，絕不會再感到疲倦。」

「不必費事，親愛的，多謝妳。」

他緊閉著兩眼想，假使對方肯拿出些首飾來作價的話，他就不妨馬虎些。她的左頰，有一顆迷人的黑痣，看在「同痣」的分上，應該克己些。

他正想得高興哩——

突然，一種尖銳駭人的語聲，直送到他耳邊說：「朋友，站起來！漂亮點，不要動！」

他在一種出其不意、驟然的震驚之下，驀地睜圓了眼，一看，一支手槍隔桌子對著他，槍口，指向他左胸！

嗯，昨夜裡那隻日本走狗吃槍的老地方！

他呆住了！說不出話來。

「站起來呀！」槍口一揚。

他只好無可奈何地站起來，伸伸腰，走近些圓桌，故作鎮定地說：「親愛的，妳做什麼呀？」

「用眼睛看吧！」語聲還是那樣甜。

在震驚之間！他才想起，這女子所說的SW咖啡，是什麼意思，原來，她手裡拿著的正是一支 Smith and Wesson 牌子的小左輪，SW！

這位藍色死神執槍的姿勢非常美。槍口帶點斜，是一種老手的樣子。從執槍的姿勢上可以推知她的心理，真的要開槍！

而且，那支槍的樣式，也玲瓏得可愛，細細的藍鋼槍管，配上刻花的螺鈿槍柄。這樣可愛的一個人，執著這樣可愛的一支槍，好像令人死在槍口之下也會感到非常樂意似的。

然而魯平卻還不想死，他急得身上發黏，他在渾身發黏中歪斜著眼珠，懶洋洋地說：

「妳，真的要開槍？親愛的。」

「事實勝於雄辯，看吧！」藍鋼管子又一揚。

只要指尖一鉤，撞針一碰，一縷藍的煙，一灘紅的水，好吧，陳妙根第二！

魯平趕快說：「小姐，妳要驚擾妳的鄰居了。」

「我沒有近鄰，難道你忘了。」

他才想起，這宅神祕的小洋樓，四下的確很空，夜風正從這女子背後一扇開著的窗裡飄進來。街上沉寂如死。

她臉向著那座收音機，撅撅紅嘴唇。收音機中叫鬧得厲害，那位表演鴨子叫的小姐，正在播送最後一次的歌唱，所謂「臨別紀念」。好吧，這條藍色小毒蛇，每句話，都有深意的。

他又趕緊說：「妳多少會驚動點人。」

他以不經意的樣子，再向那張桃花心木的小圓桌移近一步，想試試看，有沒有生路可找？

「退後去些，站住！」這位美麗的藍色死神，先自退後一步，逼住魯平也退後一步。她等魯平站住之後也站住，使雙方保持著一個不能奪槍的距離。

在這樣的局勢之下，使我們這位紅領帶的英雄，感到沒法可施。他急得默默地亂唸咒語，唸的大約就是「二十年後又是一條好漢」的那種咒語。有一件事情，使他感到不懂，她為什麼不馬上就開槍？難道，她還存著貓兒玩弄耗子的心理嗎？

他忍不住冒險地問：「那麼，為什麼還不動手？親愛的。」

「先生，別性急哪！馬上，我就會醫好你討厭的貧血症。不過我還有一句話，想要告訴你。」

「說吧，親愛的。」

「剛才，我還沒有看到你全副的牌，就打算在別的地方殺了你，我幾乎犯錯了。」

她得意地發笑，格格格，她這執槍發笑的姿態，美到無可形容。她的胸部是袒露的，玉色的曲線起了波浪紋。

濃香正從圓桌對面噴射過來，一條愛與死的分界線。

魯平在一種「橫豎」的心理下，索性盡量欣賞著那顆迷人的小黑痣。他把腳步移近桌子，譏刺地說：

「小姐，我看妳還是有些顧忌的。」

「顧忌？嘿！」纖肩一聳，「顧忌槍聲嗎？別忘記，昨夜我們能用那種大嗓子的 Luger 槍，難道今夜倒會顧忌這小聲音的 Smith？」

魯平把視線飄落到那個藍鋼管子上，撇撇嘴：「看來，妳這城隍廟裡的小玩具，口徑太小，打不死人吧？」

「你想侮辱這位 Smith 小姐，她會自己辯白的！」

藍鋼管子，像是毒蛇的舌尖那樣向前一探，魯平，趕緊閉上了眼。夜風繼續從這女子背後的窗口裡吹進來，拂在臉上，有點涼意，睜開眼來，對方依舊沒有開槍。飄眼望望那個窗口，靈感一動，主意來了。

他嘴裡在說：「親愛的，妳怕驚動了樓下的人，對嗎？」

「沒有那回事。」

「妳該考慮考慮，殺了我，用什麼方法，處理被殺掉以後的我？」

「放心吧！納粹黨徒們，有方法處理幾千幾萬件人脂肥皂的原料，難道我，沒有方法處理你這一小件？」

「那麼，親愛的，妳將用什麼方法，對付這個窗口裡的人？」

他的視線突然飄向這女子的身後，露著一臉得意的笑。這女子在跳下三輪車的時候，心頭本已留下了一個暗影，她認為魯平身後，或許有人暗暗尾隨而來。這時，她吃了一驚。她雖沒有立刻轉臉去看，可是她已因著魯平那種特異的臉色而略略分了心，而魯平所需要的，只不過是她的略一分心，突然，他像一輛長翅膀的坦克一樣，隔著桌子伸手飛撲了過去。

叮噹！小圓桌上的酒瓶酒杯全被撞翻。

「喔唷哇！」這女子的呼痛聲。

「妳拿過來吧！」手槍就在喔唷聲中進了魯平的手。

他用手背抹著額上的汗，喘息地向這女子說：「小姐，我沒有弄痛妳吧？」

這女子望了一望那個窗口，她漲紅著臉暴怒得說不出話來。

魯平把那支美麗的小玩具指了她。「親愛的，妳真頑皮！料想妳在背書包上學的時候，一定也是非常頑皮的，我要罰妳面壁。」

藍鋼管子一揚，指指那個安放著裸體雕像的壁角。

這女子理理快要敞開的衣襟，怒容滿面，遲疑著。

魯平向她獰笑。「小姐，我雖是個非形式的佛教徒，從來不殺人，但是我對一條小毒蛇，絕不準備姑息。聽話些！」

藍線條一扭，無可奈何地背轉了身。

魯平趕快檢視著圓桌上的首飾箱，他以為，這個手提箱裡絕不會真有什麼首飾的。哪知不然，這裡面，居然有些東西。他不管好歹，一古腦兒把它們亂塞進了衣袋。

現在，我們這位紅領帶的紳士，已把他的強盜面孔，整個暴露了出來。

他在劫收完畢之後，遠遠向這面壁的女子柔聲招呼說：

「親愛的，休息休息吧。我們明天再談。」

他一手執槍，輕輕開門，悠然而出。

室內，無線電依然在吵鬧。

這女子目送魯平走出室外，她疲乏地嘆了口氣，走向室隅，把那座收音機關掉。她伸著懶腰，在沙發上倒下來。她疲乏的眼光，空洞地望著遠處，臉上露出一絲笑，笑意漸漸添濃，顯得非常得意。

但是，她完全沒有防到，魯平在出外以後重新又把室門輕輕推成一條縫，在門外偷窺她。

十九　藍色死神

二十　最後之波折

第二天，魯平對於公園路的這一件生意，差不多已不再介懷。一向，他自認為是一個正當的生意人。他對每宗生意，目的只想弄點小開銷，而他在這生意上，的確已經弄到了些錢，雖然數目很小，但是，他絕不會跟那些接收官員一樣，具有那樣浩大的胃口，一口氣，就想把整間倉庫囫圇吞下來。

總之，他對這件事情，認為已經結束了。

不過還有兩個小問題，使他感到有點不可解：

第一，昨夜，那個女子明明有機會向他開槍的，她為什麼遲疑著不開槍？

第二，那個女子曾在最後一瞬中，露出一種得意的笑。她為什麼笑得如此得意？

他對這兩個問題無法獲得適當的解釋。

他在他小小的辦公室中抽著紙煙。紙煙霧在飄裊，腦細胞在旋轉。

無意之中，他偶然想起了老孟昨天的報告：所謂美金八十萬元的大敲詐案。這報告是無稽的，近於捕風捉影。但是，由此卻使他想起了那個中國籍的日本間諜黃瑪麗。

那名女子非常神祕。她有許多離奇的傳說，離奇得近乎神話。所謂黃瑪麗，並不是真正的姓名，那不過是一個縮短的綽號而已。她整個的綽號，乃是「黃色瑪泰哈麗」；

意思說，這是一個產生於東方的瑪泰哈麗，黃色的。

真正的瑪泰哈麗，是第一次歐戰時的一名德國女間諜。她神通非常廣大；她的大名，曾使整個歐洲人相顧失色。有一次，她曾運用手段使十四艘的英國潛艇化成十四縷煙！

這時，他忽想起這個瑪泰哈麗的原文Mata Hari，譯出意思來，那是「清晨的眼睛」。

他的眼珠突然一陣轉，他又想起了另外一件事。

他想起了昨天韓小偉的報告，那位黎亞男小姐，她有許多許多的名字，其中之一個，叫做黎明眸。他之所以特別記住這個名字，那是因為，過去有個電影明星，叫作黎明暉。黎明暉與黎明眸，這兩個名字很容易使人引起聯想。

黎明眸，這個名字相當清麗，譯成了白話，那就是「清晨的眼睛」，而這清晨的眼睛，也就是Mata Hari。

他的兩眼閃出了異光。

他在想：那麼，這位又名黎明眸的黎亞男小姐，跟那黃瑪麗，難道竟是一而二二而一的嗎？

若說黃瑪麗跟這黎亞男就是同一人，不過在年貌上，卻還有些疑點，根據傳說，那個黃瑪麗相當老醜，年齡至少已有三十多。而這黎亞男，她的年齡，看來至多不會超過二十五歲。況且，她是那樣的漂亮。

除此之外，從多方面看，這朵漂亮的交際花，跟那名神祕的女間諜，線條的確非常相像。

他想，假使這兩個人真是同一人，那麼，自己貪圖了些小魚，未免把一尾挺大的大魚放走了。

該死！昨夜裡為什麼沒有想到這一點！

怪不得，昨夜那個女子，顯出那種得意的笑。

他從座位裡跳起來，拋掉煙尾。他像追尋失落的靈魂那樣，飛奔到門外，跳進了一輛停在門外的舊式小奧斯汀內。

他決定再到海蓬路二十四號的屋子裡來試一次，能不能把已失落的機會，重新找回來？

在車輛的飛駛中，他對那件公園路的血案，構成了另一個較具體的輪廓，他猜測，那個被槍殺的陳妙根，跟那另一壞蛋張槐林，一定是握住了這女子過去的重大祕密，想要大大地敲詐她一下。因此，才會造成前夜的血案。而那張槐林，或許前夜也是那位藍色死神的名單上之一。因為一向他跟陳妙根，原是同出同進的。而他之所以能免於一死，那不過是由於一種偶然的僥倖而已。

他覺得他這猜測，至少離事實已不太遠。照這樣看來，孟興的那個報告，所謂美金大敲詐案，或許多少有些來由。

汽車以一個相當的速率，到達了海蓬路。他不把車子直駛到二十四號門口，遠遠地就煞住了車，跳下車來，鎖上了車門。重新燃上一支煙，把它銜在嘴角裡。然後，他向那宅洋樓緩緩走過去。

那條路真冷僻，白天也跟夜晚一樣靜。抬頭一望，這座小洋樓的結構，比夜晚所見，顯得特別精緻。從短牆之外望進去，這宅屋子，靜寂得像座墳墓，看來裡面像是沒有人。短牆邊上，有兩部腳踏車倚靠著，其中一部，是三槍牌的女式跑車。他匆匆一瞥，沒有十分在意。

短牆的小鐵門仍舊虛掩。他輕輕推門而入，踏上階石，伸手按著電鈴。

立刻有人出來開門，開門的人，正是昨夜那個小女孩——秀英。

「啊，魯先生，是你。」女孩的臉上，帶著一臉平靜的笑。閃開身子，讓他走進門去。

這女孩子的表情，使他有點奇怪。

她領著魯平進了一間寂靜的會客室，招呼他坐下來，然後，她說：

「魯先生，我已等了你半天了。」

「妳知道我要來？」他的眼珠亮起來。

女孩點點頭。她又說：「魯先生，昨夜裡，你把你的帽子，遺忘在我們這裡了。」

她轉身走到一個帽架之前，取下那頂呢帽，雙手送還了他，然後又說：

「先生，請等一等，還有東西哩。」

這女孩子像是天方夜譚中的小仙女，她以一種來無聲去絕跡的姿態，輕輕走出房外，而又輕輕走回來。她把兩件東西，給了魯平說：「黎小姐有一封信，一件禮物，囑我轉交給你。」

「一封信？一件禮物？交給我？」魯平從這女孩子手內接過了一只漂亮的小信封，

跟一個藍色絲絨小盒，那封信，信面上的字跡非常秀麗，不知為何，他的手在接過這封信時有點發顫。他趕快拆信。

只見信上這麼寫著——

魯君：

我知道你一定要來，不一定今天或者明天，我知道，當你再來時，你已把某一個啞謎猜破了。

在你看到這封信的時候，我已踏上了遙遠的征途。此刻，或許是在輪船上，或許是在火車上，或許是在飛機上。非常抱歉，我不能再像昨夜那樣招待你。

昨夜裡的某一瞬間，我好像曾經失掉過情感上的控制，由於心理衝突，我曾給予你一種機會。或許你是明白的，或許你還不明白，假使你還不明白，等一等，你會明白的。

憑這一點淺薄的友誼，我要求你，不要再增加我的糾紛。在上海，我未了的糾紛已經太多了！

昨夜，你忘了劫收我的鑽石指環了，為什麼？你好像很看重這個指環，讓我滿足你的貪婪吧。請你收下，做一紀念。願你永遠生長在我的心坎裡。

世界是遼闊的，也是狹隘的。願我們能獲得再見的機會，不論是在天之涯，是在海之角。

祝你的紅領帶永遠鮮明！

×月×日　亞男

信上的話，像是昨夜裡的蔻莉莎酒，帶著相當的甜味，也帶著相當的刺激，這有幾分真實呢？

他把這信讀了三五遍。打開藍絲絨小盒，鑽石的光華，在他眼前瀲灩。一種寂寞的空虛充塞滿了他的心。他不知道做點什麼或者說點什麼才好。他茫茫然踏出了那間寂寞的會客室，甚至，他全沒有覺察，那個小女孩，拿著一方小手帕，站在那個開著的窗口之前，在做什麼？

他把那封信，跟那只藍絨小盒，鄭重地揣進了衣袋，茫茫然走出了這宅小洋樓。他戴上了帽子，走向他的小奧斯汀。

剛走了二三十步路，突然，頭頂上來了一陣爆炸聲，跟前夜差不多，砰！砰！砰！砰！

那頂 KNOX 牌的帽子，在他頭上飛舞起來，跌落在地下。

他趕緊轉身，只見一個西裝青年，傴著身子騎在一輛腳踏車上，正向相背的方向絕塵而去，眨眨眼，已只剩下了一枚小黑點！

撿起地下的帽子來看，帽子上有兩個小槍洞！

他飛奔回來，一看，矮牆上的兩部腳踏車，只剩下了一部。那部三槍牌的女式跑車不見了。

啊！她！向他開槍的正是她。只要瞄準略略低下些……嗯，她為什麼不瞄準略略低下些？

在這一霎時間，他的情感，突起了一種無可控制的浪濤。他完全原諒了她的毒囊與尖牙；甚至他已經無條件地相信了她昨夜裡給她自己辯白的話！他感覺到世間的任何東西，不會再比這個女子更可愛！

那顆小黑痣，在他眼前，隱約地在浮漾。

他喘息地奔向他的小奧斯汀。他起誓，送掉十條命也要把這女子追回來，無論追到天之涯，海之角。

但是，當他喘息地低頭開那車門時，突然，一個衰老的面影，映出在車門的玻璃上，這像一大桶雪水，突然澆上了他的頭，霎時，使他的勇氣，整個喪失無餘。

可憐，他們間的距離是太遠了！

他悵惘地踏上駕駛座，悵惘地轉動著駕駛盤，悵惘地把車子掉轉頭。

太陽已向西移，在那條寂寞的路上，在那輛寂寞的車上，在那顆寂寞的心上，抹上了淡白的一片。

電子書購買

國家圖書館出版品預行編目資料

藍色響尾蛇：潛伏暗處的毒囊與尖牙，以狠戾絕美的姿態展開狩獵 / 孫了紅 著 . -- 第一版 . -- 臺北市 : 崧燁文化事業有限公司 , 2023.09
面； 公分
POD 版
ISBN 978-626-357-540-0(平裝)
857.7　　112011512

藍色響尾蛇：潛伏暗處的毒囊與尖牙，以狠戾絕美的姿態展開狩獵

臉書

作　　者：孫了紅
發 行 人：黃振庭
出 版 者：崧燁文化事業有限公司
發 行 者：崧燁文化事業有限公司
E-mail：sonbookservice@gmail.com
粉 絲 頁：https://www.facebook.com/sonbookss/
網　　址：https://sonbook.net/
地　　址：台北市中正區重慶南路一段六十一號八樓 815 室
Rm. 815, 8F., No.61, Sec. 1, Chongqing S. Rd., Zhongzheng Dist., Taipei City 100, Taiwan
電　　話：(02) 2370-3310　　　**傳　　真**：(02) 2388-1990
印　　刷：京峯數位服務有限公司
律師顧問：廣華律師事務所 張珮琦律師

定　　價：275 元
發行日期：2023 年 09 月第一版
◎本書以 POD 印製